우리에게 남은 시간 46일

이설 지음

——차례

1장 쓸데없는 거짓말

사람들이 거리 위에서 떠드는 소리, 자동차 경적, 저 멀리에서 들려오는 전철이 움직이는 소리. 도시의 소음은 그렇게 어디를 가나 비슷하지만, 그중 몇 군데에서는 다른 곳에서 쉽게 찾아볼 수 없는 낭만을 만날 수도 있었다.

작은 의자와 스피커 하나로 거리에는 한 사람만을 위한 무대가 만들어지고 그 한 사람은 얼굴 한 번 본 적 없는 사람들을 위한 노래를, 그리고 자신의 기쁨을 위한 노래를 부르기 시작한다. 듣는 사람이 있든 없든 그는 노래한다.

이윽고 그의 주변으로 발걸음을 멈춘 사람들이 하나둘씩 모여들고 그들은 도시에서의 낭만을 잠시나마 함께한다.

오늘도 한 여자가 번화가의 한가운데에 서서 노래를 부른다. 스물을 갓 넘긴 듯 앳되어 보이는 여자였다. 사람들이 커다란 원 모양으로 그녀를 둘러싸고 있었다. 어디서나 들을 수 있는 유명한 노래들이 몇 곡 흐르고 한 곡이 마무리 지어질 때마다 사람들은 간헐적으로 손뼉을 쳤다.

그들의 모습, 노래하는 여자와 그녀를 둘러싼 사람들의 모습은 위에서 내려다보면 다 비슷해 보였다. 어떤 사람은 한 번도 본 적 없는 사람인데도 아는 사람처럼 보였고, 반대로 얼굴을 아는 사이인 사람도 모르는 사람으로 보일 수 있을 정도로 그곳엔 헷갈리는 얼굴들이 가득했다.

해인과 우현이 2층 카페의 창가 자리에서 그 모습을 내려다보고 있었다. 해인은 긴 머리를 손가락으로 배배 꼬며 마치 자기가 노래를 부르는 사람이라도 된 것처럼 몰입한 눈으로, 또 응원하는 마음이 가득한 눈빛으로 거리 위의 여자를 바라보고 있었고 우현은 조금은 속을 알 수 없는 눈으로 역시 그녀를 보고 있었다.

3년째 같은 카페였다. 이상할 정도로 사람이 없는 카페였지만, 또 이상할 정도로 오랫동안 굳건히 자리를 지키고 있는 카페에서 두 사람은 늘 같은 창가 자리에서 같은 것들을 마셨다. 우현은 늘 차가운 아메리카노를 해인은 시럽이 많이 들어간 라떼를 마셨다. 그때마다 우현은 그러려면 차라리 초코우유를 마시라고 했고 해인은 그런 그에게 장난스럽게 혀를 내밀곤 했다.

첫 번째로 함께 맞은 봄부터 두 사람은 그 카페에 있었다. 여긴 우리밖에 없어서 좋다, 그렇지, 와 같은 말들을 주고받으며 쉬지도 않고 서로의 얼굴만을 바라봤다. 여름에는 더위를 피하고 가을과 겨울에는 온기를 찾으려 그곳을 찾았다.

다음 해 봄에 두 사람은 책과 노트북을 갖고 그곳의 문을 열었다. 지난봄보다는 조금 더 편해진 듯한 모습이었다. 두 사람은 그곳 창가에 앉아 각자의 일을 했다. 우현이 노트북을 열고 회사 업무를 보고 있으면 해인은 좋아하는 작가의 신작 소설을 읽곤 했다. 그러다가 두 사람이 좋아하는 노래가 흐르기 시작하면 둘은 고개를 돌려 서로를 바라보곤 가볍게 입을 맞췄다. 두 사람 모두 대학생이었다가 해가 지나며 사회인이 된 만큼 어딘지 모르게 성숙해진 느낌이 풍기기 시작했다.

다시 돌아온 봄은 부쩍 조용했다. 우현은 창밖을 보는 순간과 핸드폰을 만지작거리는 시간이 늘었다. 해인은 그런 우현을 가끔 살펴보고 괜히 그의 팔을 만지작거리며 그를 성가시게 만들다가, 마찬가지로 창밖에 뭐가 있나 살펴보다가 오늘은 뭘 먹으면 좋을까, 주말에는 날씨가 어떠려나 자주 혼잣말을 하기 시작했다.

나이가 한 살 두 살 들고 각자의 세상에서 사랑 외에도 일과 다른 사람들이 하나씩 자리를 잡고 몸집을 키워가기 시작하면서, 둘만의 세계에서도 점점 시드는 것들, 당연해지는 것들, 시시콜콜하게 여겨지는 것들이 늘어가기 시작했다.

둘은 서로를 너무 잘 알고 있었다. 어떤 요일에는 어디를 가서 뭐를 해야 하고 어떤 요일에는 뭘 먹어줘야 하는지. 생일 주변에는 어떤 음식을 만들어주면 좋아한다든지 가끔은 별다른 술안주 없이 위스키를 마시는 날이 있어야 한다는 것들까지도 알았다. 나아가 화장실에 가는 타이밍이나 뱃속 사정까지도 잘 알고 있어서 서로 묻고 답하지 않아도 밥을 먹으러 가야 할 시기나 어딘가로 쉬러 가야 할 시기까지도 어느 정도는 파악할 수 있게 된 것이다.

맨 처음 서로를 사랑하게 된 가장 커다란 이유 중 하나가 미지의 사람과 만나서 함께하게 됐다는 긴장과 설렘이었는데, 오래 함께하는 동안 서로를 누구보다 잘 알게 되었으므로 어느 정도는 편해지고 한편으로는 심드렁해지게 되는 것은 어찌 보면 당연한 일이었다.

하지만 그건 엄밀히는 주로 우현의 이야기였다. 해인은 예나 지금이나 발랄했으며 우현의 앞에서만큼은 나이와 상관없이 여전히 귀여운 사람으로 보이길 원했으니까. 오늘도 똑같은 저녁 메뉴를 먹고 커피를 마시던 중이었다. 늘 갔던 분식집에서 치즈가 추가된 떡볶이를 나눠 먹었으며, 늘 그랬듯 아이스 아메리카노와 시럽이 들어간 라떼를 선택했다. 해인이 다리를 떨기 시작했는지 의자 삐걱거리는 소리가 들려왔다. 우현이 시선을 거리에 고정한 채로 말했다.

"그 의자 고장 난 거 같다니까. 다른 거 가져와서 앉으래도."

"그래도 어떻게 그래. 지금까지 계속 이 의자에만 앉았었는데. 이거 아니면 이상하게 잘못 저지르는 것 같다니까."

"편하면 됐지 무슨."

해인은 못 들은 척 흥얼거리며 다시 다리를 떨었다. 삐걱삐걱. 우현은 소통을 포기하기라도 한 듯 한숨을 쉬고 더는 아무 말도 하지 않았다.

해인이 고개를 돌려 우현을 본다. 아무리 봐도 작년과 재작년의 우현과 똑같은 옷 똑같은 얼굴인데. 어딘지 모르게 조금 낯설어진 얼굴. 조금은 용기를 내어 묻는다.

"지금 무슨 생각해?"

우현은 심드렁하게, 그냥 아무 생각도 안 해, 라고 답한다. 그렇구나. 그나저나 정말 이번 주말에는 뭘 하면 좋을까, 해인은 다시 혼잣말했다.

사실 우현은 아무 생각도 안 하는 게 아니었다. 이름 모를 여자가 버스킹을 하는 현장을 내려다보면서, 그는 자기도 모르게 저 아래에 서서 노래를 부르는 여자가 저 사람이 아닌 내 옆에 있는 사람, 여자친구라면 어떨까라는 생각을 했다. 해인이 노래 부르는 모습을 좀처럼 보지 못하게 되어버리고 그렇게 자신이 무엇 때문에 그녀에게 반하게 됐는지를 잊은 채로 지낸 지 오래였으니까.

거리 위의 가수가 노래 한 곡을 무사히 다 부르고 나서 다시 다른 노래를 부르기 위해 숨을 가다듬었다. 전주만으로도 사람들이 박수를 치기 시작했다. 모두가 좋아하는 노래, 그러므로 이삼십 대의 여자라면 누구나 혼자 노래방에 가서 부르곤 하는 노래였다. 남자 역시 저 노래를 잘 알았다. 잘 알 수밖에 없었다.

맨 처음 해인이 우현의 눈에 띈 건 대학 시절에 그녀가 거리에서 노래하는 모습을 보면서부터였다.

우현은 자신의 인생이 죽을 만큼 따분하다는 생각을 자주 했다.

어려서부터 부모님이 이혼했기에 중학생이 될 때까지 무신경한 어머니 밑에서 자라야만 했다. 그리고 그마저도 고등학생이 되고 나서는 없던 일이 되어버렸다. 다른 누군가와 눈이 맞은 건지, 자기는 그녀에게 그다지 중요하지 않았던 건지, 자신을 버리고 홀연히 떠나버린 어머니 때문에 하루아침에 혼자 살아가야 하는 신세가 돼버린 것이다.

다행히 그의 사정을 딱히 봐왔던 그의 큰아버지 덕분에 여차여차 지낼 곳은 구할 수 있었다. 서울 가장 바깥쪽의 서울이라고 부르기에도 민망한 쪽방촌에서, 그는 매일을 쥐 죽은 듯 조용하게만 보냈다. 학교 공부는 말할 것도 없이 재미가 없었고 학교를 마치고 집에 와서는 정적만이

흐르는 방에서 매일 똑같은 창가를 보며 누워 있기만 했다. 창밖으로 보이는 것은 하늘도 숲도 한강도 아닌 회색 벽돌이었다. 옆 건물과 마주 보는 경계에 오로지 환기만을 위해 뚫려 있는 창이었다.

산다는 건 뭘까. 다른 사람들도 이렇게 심심하게 지낼까. 어른이 된다는 건 뭘까. 단순히 술을 마실 수 있게 되고 취할 수 있게 된다는 걸까. 그러면 좀 덜 따분해질까. 조용한 방에서, 우현은 그런 생각들만을 하며 조용히 지냈다.

계절이 몇 번 바뀌는 동안, 그래도 착실히 학교를 드나들었던 덕분에 우현은 제법 괜찮은 성적을 받는 학생, 그러나 집안 형편은 좋지 않은 학생으로 그의 고등학교 교직원들 사이에서 알려지기 시작했다. 우현의 큰아버지와 이상하게 분위기가 닮았던 그의 담임 선생님은 그의 큰아버지가 그랬던 것처럼 그를 딱하게 여겼다. 그러므로 이른 퇴근을 포기하면서까지 우현이 선택할 수 있는 최선의 학교와 전공(학비 부담 역시 함께 고려한)을 골라주었다. 우현은 조금은 텅 빈 눈으로 감사하다는 인사를 건네고 군말 없이 담임 선생이 골라준 곳으로 진학을 결정했다. 수도권의 한 국공립 대학교의 광고홍보학과였다.

대학에 진학하고 나서도 그다지 달라지는 것은 없었다. 사람의 마음을 잡아끄는 광고 문구, 소비자들이 움직이는 심리, 영상 매체를 통해서 이목을 끄는 법 같은 과목들은 흥미로운 제목만큼이나 즐겁지만은 않았다. 애초에 자신의 욕구나 선택이 아닌 누군가의 의견을 따라서 온 곳이고 그곳에서의 공부였으니 그것들 역시 심심하게 느껴지는 것은 매한가지였다. 지루하기만 한 것이 지루했다. 가능만 하다면, 이럴 바에야 이 세계에서 깔끔하게 가루가 되어 사라지는 쪽이 낫지 않을까 생각했던 적도 몇 번은 있었다.

그러던 와중에 그의 눈에 들어온 해인은 그에게 새로운 자극이자 새로운 세계였다. 텅 빈 운동장 한가운데에 홀로 서 있는 듯한 삶만을 지내왔던 그에게 그 다채로운 표정과 맑은 목소리는 사랑에 빠질 수밖에 없는 풍경들이었다.

그녀를 처음 본 것은 서울의 한 번화가에서였다. 시대별 유행을 생생한 영상으로 담아내어 제출해야 하는 과제 때문에 울며 겨자 먹기로 찾아온 곳이었다. 세상에 즐거운 사람이 이만큼이나 많구나. 이 사람들은 뭐가 저렇게 웃기고 재밌을까. 아마 처음부터 나와는 주어진 세상 자체가 달랐던 거겠지. 그렇게 생각하며 우현은 거리의 풍경 곳곳을 영상으로 담고 있었다. 낯선 목소리가 들려오기 시작했던 건 영상을 찍은 지 얼마 지나지 않았을 때였다.

예쁜 목소리였다. 어디선가 들려오는 예쁘고도 부담스럽지 않은 노랫소리. 어딘가의 가게에서 틀어둔 음원과는 분명히 달랐다. 날것 그대로의 떨림과 설렘, 그리고 어디서도 접해본 적 없었던 분위기가 그 목소리 안에 있었다. 그녀가 튕기는 것은 그녀의 기타 줄인데 어째선지 자기 마음이 튀어 올랐다. 그녀의 목소리는 안정적으로 떨리는데 이 안쪽의 심장은 자꾸만 덜컥 걸리듯이 떨어댔다.

그는 홀린 듯 그 목소리의 출처를 찾아 사방을 둘러보기 시작했다. 이윽고 저 멀리에서, 사람들이 몰려 있는 것을 볼 수 있었다. 그곳에 몰려 있는 사람들이 어쩐지 지금 들려오는 이 목소리에 집중하고 있는 것 같다는 묘한 확신이 들었다.

한 여자가 노래하고 있었다. 어디서든 눈에 띄는 밝은 금발을 한 그녀는 조금은 긴장한 표정, 하지만 그 긴장감마저도 즐기는 듯한 표정으로 노래를 부르고 있었다.

우현이 바라왔던 모든 것을 가진 사람이었다. 그런 말이 아니고서는 표현할 방법이 없었다. 밝음과 귀여움의 집합체 같은 사람. 자다가도 쿡쿡 찌르면 곧바로 까르르 웃음부터 터뜨릴 것 같은 사람. 활발하고 예쁜 게 어딘지 모르게 병아리처럼 보이기도 했다.

그가 그녀에게 홀려버리고 말았다는 것, 그날 꼴사납게 한참 동안 그녀만 바라보고 있었다는 것을 깨달은 것은 집으로 돌아와 과제물을 준비할 때가 다 되어서였다. 처음 몇 분을 제외하고는 온통 그녀가 노래하는 모습만 영상에 담겨 있었다. 당장 내일이 제출일이었는데 아무리 뒤져봐도 과제로 제출할 만한 결과물이 없었다. 그도 그럴 것이 결과물이라곤 온통 그녀뿐이었으니까. 결국 그 과목은 거의 모든 과목에서 고득점을 기록했던 우현에게 거의 유일한 오점으로 남아버렸다.

조용한 방에 누워서 또는 홀로 술잔을 기울이면서 아무리 평정심을 되찾으려 해봐도 그게 잘 안됐다. 그 예쁜 목소리와 밝은 모습이 그가 있는 음침한 방에 당장이라도 침범해 오는 것만 같았다.

다행이었을지. 다시 찾아간 번화가에서 여자는 여전히 노래하고 있었다. 우현은 그때처럼 그녀가 노래하는 모습을 조용히 서서 끝까지 바라보았다. 그리고 모든 무대가 끝나고 난 뒤 조용히 그녀에게 다가가 음료수 한 캔을 건넸다. 얼마나 오래 쥐고 있었는지 음료수는 미지근해져 버린 뒤였다.

"저 주는 거예요? 고맙습니다."
"집에 가서도 또 듣고 싶고 또 보고 싶어서 왔어요."

말을 뱉은 뒤 우현은, 내가 이런 말도 할 수 있구나, 속으로 생각하며 놀랄 수밖에 없었다. 그 말은 우현의 지난 삶 중에서 가장 색감이 넘치고 자극적인 말이었다. 여자는 우현의 말을 듣고 나서도 얼마간을 멍하니 서 있다가 이내 배를 잡고 웃기 시작했다.

망했구나. 하긴, 이런 사람이 내가 뭐가 좋아서 이걸 받아주겠어. 이렇게 밝고 멋있는 사람이. 다 끝났다는 생각에 우현은 낙담했다. 깔깔 웃고 있는 그녀에게서 시선을 돌려 집으로 돌아가려는 순간, 여자가 우현의 소매를 잡았다.

"음료수도 주고 멋있는 말도 했는데 어디 가요?"
"네?"
"노래를 열심히 했더니 배고파요. 밥 먹어요, 밥."

얼떨결에 해인에게 붙들려 끌려가고 있었지만, 그리고 당연히도 힘을 주어 그것을 뿌리칠 수도 있었지만, 우현은 속수무책으로 그 흐름에 이끌릴 수밖에는 없었다. 혼자 지내는 동안 알게 모르게 경계심 많은 성격이 되었지만, 이 사람이라면 무작정 따라가 봐도 괜찮다는, 그러면 왠지 모르게 즐거운 일이 생길지도 모른다는 막연한 안도감과 기대감이 있었기 때문이다.

둘은 허름한 떡볶이 가게에 앉아 한 냄비를 사이에 두고 떡볶이를 먹으며 수다를 떨었다. 시간이 가는 줄도 모르고 그랬다. 그리고 그곳을 나섰을 때 이미 세상에는 밤이 깔려 있었다. 그녀가 메고 있던 기타 케이스를 그가 멨다. 그녀가 부탁한 것도 아닌데 그가 그녀를 뒤따랐고 그가 물어본 것도 아닌데 그녀는 그를 자기 집이 있는 방향으로 이끌었다. 우현과 해인은 그렇게 조금은 엉뚱하고 우스꽝스럽게 이어지기 시작했다.

우현은 학교 수업을 마치자마자, 그리고 아르바이트에 가는 날마다 미리 나와 자주 해인이 노래하는 곳을 찾았다. 그리곤 최대치의 행복을 느끼며 그녀의 노래를 들었다. 해인은 자기를 빤히 바라보거나 자신의 모습을 담고 있는 우현을 눈치챌 때마다 그만 알아볼 수 있는 표정과 손동작으로 인사를 건넸다.

알고 보니 둘은 마침 같은 대학교에 다니는 사이였으므로, 학교 곳곳에서도 풋풋한 데이트를 즐길 수 있었다. 좀처럼 사람이 드나들지 않는 학생회관 뒷길을 함께 시도 때도 없이 왔다 갔다 했으며 한 번도 들어본 적 없었던 서로의 수업을 몰래 들으며 알 수 없는 짜릿함을 느끼기도 했다.

조그만 서랍에서 천천히 낡아가기만 하고 있던 교복을 꺼내 입곤 놀이공원을 찾기도 했다. 새벽 첫 차를 타고는 무작정 바다가 있는 도시로 향했다. 아직 아무도 놀러 나오지 않은 여름 바닷가에서 서로에게 고맙다는 말을, 오래오래 같이 놀자는 말을, 사랑한다는 말을 누구라도 들을 수 있을 정도로 크게 주고받았다. 밤의 전화 통화는 늘 끊길 듯 끊기지 않았기에 두 사람 모두 아침이면 눈이 퉁퉁 부어 있었지만, 부은 눈마저도 왠지 사랑의 증표인 것만 같아 웃음만 지었다. 공부해야 할 게 쌓여 있는 시험기간에도 반드시 한 번은 만나서 서로가 정말로 이 세상에 존재하는지 확인이라도 하듯 손을 만지고 얼굴을 더듬어야 했다.

그러는 동안 우현은 자신에게 찾아온 이 놀랍고도 새로

운 세계의 앞에서 하루씩 더 단단하게 다짐하기 시작했다. 이 사람을 지키기 위해서라면, 이 사람을 웃게 만들 수 있다면 무엇이라도 하겠다. 끝까지 이 사람 곁에 있겠다.

물론 해인 역시 우현의 점잖고도 서툰 면면을 좋아했다. 방법과 분위기는 완벽하지 못할 수 있겠지만, 끝까지 자기를 지켜줄 거라는 확신을 주는 얼굴이 마음에 들었기 때문이다.

해인은 어려서부터 약간의 분리불안이 있었다. 그녀를 아주 끔찍하게 여기는 부모 아래서 자라왔지만, 여행을 떠났을 때 잠깐 사이에 부모의 손을 놓쳐버렸고 한참을, 어쩌면 하루에 가까운 시간 동안을 부모를 찾아 울며 돌아다녔던 적이 있었다. 그때의 충격이 너무도 강렬했기에 그때 어떤 일들이 있었는지, 어떻게 길을 잃게 됐고 또 어떻게 다시 그녀의 부모와 만나게 됐는지에 관한 기억은 여전히 분명치 않았다.

그 출처와 이유가 분명치 않은 불안이 그녀를 뒤덮을 때마다 그녀는 주변에 있는 누구라도 부여잡아야 했고 몇 번은 주변에 아무도 없었기에 숨도 못 쉴 정도로 울음이 터져 나왔던 적도 있었다. 그러므로 주변에는 늘 그녀를 보호해 줄 만한 사람, 그녀와 함께해줄 만한 사람이 있어야 했다. 꽤 오랫동안 그녀의 아버지가 그 자리를 지켰으며 학교에 다니기 시작할 즈음에는 그녀와 다섯 살 때부터 함께 자란 동네 친구인 서경이 그 자리를 대신했다. 해인과 서경은 매번 같은 학교로 진학해서 둘도 없는 친구이자 보호받고 보호해 주는 관계로 자라왔다.

서경이 유학을 결심하고 떠난 이후로는 늘 그 자리가 비어 있었다. 어른이 되며 전만큼은 크게 그리고 자주 외로워하고 불안해하지는 않게 되었지만, 그래도 언제 혼자 남을지 모른다는 불안감, 나를 지켜줄 사람이 있으면 좋겠다는 욕구가 그녀에겐 늘 있었다. 그러던 중에 돌연 자기 앞에 나타난 우현과 우현의 눈빛은 어떤 일이 있어도 자신을 지켜줄 것만 같다는 예감, 이 사람이라면 절대 내 곁을 떠나지 않겠다는 확신을 불러일으키곤 했었다.

이 사람이다. 이대로도 좋겠다. 이렇게 살아도 좋겠다. 너라서 그렇다. 둘의 마음은 그렇게 말하지 않고 줄을 조율하지 않아도 같은 소리를 내고 있었다. 적막했던 세상에 축제가 찾아오고 춥고 불안했던 품속에 따뜻한 손난로가 들어온 기분이었다.

둘은 그렇게 둘만의 행복을 키워갔다.

하루만큼씩 더 서로를 지켜주고 지킴을 받기 시작했다.

* ✳ *

다시 오래된 카페로 돌아와, 우현의 눈에 오래전의 해인과 거리 위의 노래하는 여자가 겹쳐 보이는 순간도 잠시, 일면식도 없는 사람이 노래하는 모습이 다시 있는 그대로 눈에 들어와 비치기 시작했다. 거기에 해인은 없었다. 그녀는 그곳이 아니라 자신의 바로 옆에서 나만을 바라보고 있었다.

우현은 분명 해인이 노래하는 모습을 보기를 즐겼었다. 확실히 말할 수 있었다. 지난 삶의 그 어떤 장면들보다도 찬란하고 아름답고 매혹적인 충격 그 자체였으니까. 그러나 대학을 졸업한 이후엔 좀처럼 그녀가 노래하는 것을 들을 수 없었다.

가수가 되길 꿈꿨던 해인도 무작정 꿈만 꿀 수는 없었다. 어떻게든 그 재능을 살려 돈을 벌 필요가 있었다. 그러다 운명처럼 어느 대형 기획사에서 가이드 보컬리스트를 구한다는 공고를 보고, 그때부터 그녀는 다른 가수의 노래를 미리 부르는 가이드 보컬이 되었다. 단순히 즐기기만 해도 되는 취미가 아니라 일이었기에 좋아하지 않는 장르의 노래, 아직 제대로 완성되지 못한 노래를 부르는 날이 많았다. 그런 노래를 부르는 일은 그녀에게 적지 않은 피로와 스트레스로 다가올 수밖에는 없었다. 그렇게 노래가 직업이 된 이후론, 해인은 녹음실에서만 열심히 연습하고 집에 오고 난 뒤에는 늘 힘들다는 징징거림과 노래는 나중에 부르고 싶다는 말만을 되풀이하곤 했었다.

그렇게 우현은 좀처럼 그녀가 노래 부르는 모습을 보지 못하게 되어버렸고 그렇게 자신이 무엇 때문에 그녀에게 반하게 됐는지를 잊은 채로 지내게 됐다.

물론 해인 역시 그가 자신의 노래를 좋아한다는 걸 모르지 않았다. 하지만 태생적으로 지구력도 부족한 데다가 한 번 피곤해지면 아무것도 하기 싫어지곤 했던 성격 탓에 노래를 불러주고 싶은 마음은 굴뚝같았어도 집에 돌아와서 또 그를 만나고 나서는 좀처럼 노래가 입 밖으로 나오지 않았을 뿐이다.

우현이 입을 열었다.

"그냥, 아무 생각도 아니긴 한데."

몇 년 전과는 다르게 새까만 머리카락이 훨씬 더 익숙해지게 된 해인이 눈을 반짝이며 우현을 바라봤다. 저쪽에서 먼저 말을 꺼내 오는 건 꽤 오랜만인 것 같았다.

"그냥, 좀 그리웠나 봐. 그때 너 노래 부르는 거 내가 되게 좋아했잖아."

맞다, 그랬지, 해인은 고개를 끄덕이며 창밖을 내다봤다. 한참을 노래하던 여자가 장비를 정리하고 있었다. 오늘의 무대는 여기까지인 듯싶었다.

매일같이 드나들었던 오래된 카페에서 몇백 번은 족히 들었을 오래된 노래가 흐르고 있었다. 어느 한 곳이 고장 난 의자의 삐걱거리는 소리가 그날따라 유난히 크게 들려왔다.

* * *

대학을 졸업하고, 최근 업계에서 가장 주목받는 광고회사 중 한 곳에 입사하면서, 우현의 삶의 반경 역시 조금

씩은 넓어질 수 있었다. 그의 삶도 전만큼 무미건조하지만은 않게 되었고 사람도 재밌는 일도 마음만 먹으면 찾을 수 있게 됐다. 업계 특성상 새롭고 신기한 물건과 사건들을 마주칠 일이 잦았으며 각계각층의 사람들을 만나 이야기하는 일은 늘 그에게 즐거운 놀이처럼 다가왔다.

그런 와중에도 따분하거나 무료한 감정이 자신의 하루에 조금이라도 침범하려 드는 날이면, 그는 취미로 시작했던 운동에 미칠 듯이 몰두하거나 자전거를 타고 갈 수 있는 가장 먼 곳까지 다녀오거나 친한 친구 중 시간이 되는 친구를 아무나 불러 술을 마시곤 했다. 해인을 불러서 함께할 수도 있었겠지만, 우현과 해인의 주말은 오래전부터 둘만을 위해 오롯이 사용되고 있었기에 굳이 평일에도 만나려 들지는 않았다. 더욱이 그녀를 만난다고 해서 그 갑작스러운 따분함이 해소될 것 같지도 않았을뿐더러.

가끔 회사에서 광고 영상을 제작하면서, 또는 유명인이나 연예인이 등장하는 광고를 기획하면서, 그와 그녀가 즐겨 들었던, 그리고 그녀가 그에게 불러줬던 노래들이 귀를 스칠 때도 있었다. 처음에 우현은 그런 노래들을 만난 날이면, 퇴근길에 부리나케 해인에게 전화를 걸어 그 노래를 들었다고, 또는 그 가수와 함께 일하게 됐다며 신나서 자랑했었다. 그러면 해인은 마치 자신에게 어떤 커다란 좋은 일이 생긴 것처럼 기뻐해 주기도 했고, 그랬냐며, 참 좋았겠다고 말해주며 짧게 그 노래를 흥얼거려 주기도 했었다. 하지만 조금씩 회사의 일이 익숙해지면서는 그런 노래들을 어쩌다 만나게 된다고 해도 우현은 해인에게 그 어떤 티를 내지도, 자랑을 하지도 않게 되었다.

* * *

직장에서 만나 마음이 맞아 친구가 된 상윤과 한잔하는 금요일 밤, 우현은 평소보다도 술을 많이 마셨다. 과음의 이유를 자세히는 말할 수 없었지만, 자기조차 제대로 알아낼 수 없었지만, 세상 모든 것이 심심해진 것만 같은 느낌이 머리에서 떠나지 않아 평소보다 더 많이 그리고 빠르게 마실 수밖엔 없었다.

"오늘은 술 안 마시면 안 돼? 요즘 자주 마시는 것 같은데."

해인에게 약속이 생겼다고 말했을 때 해인은 좀처럼 하지도 않던 투정을 부리는 듯했다. 요즘 약속도 술자리도 잦아진 것이 왠지 심기가 불편해진 모양이었다. 작년이나 재작년이었다면 달랐겠지만, 마땅히 그러겠다고 대답했겠지만, 이상하게 우현 역시 토라지는 마음이 되어 수화기에 대고 퉁명스러운 대답을 뱉었다.

"왜 그러냐. 너도 친구들 좀 만나. 안 지루하냐."

수화기 건너편에선 이렇다 할 대답이 돌아오지 않았다. 그저 알겠다는 짧은 대답만 있을 뿐이었다. 아마도 또 그가 아는 귀여운 표정으로 토라진 모양이었다. 어쩌면 그가 평소보다 더 많은 술을 마시는 것도 조금 아까의 그 찝찝한 다툼 때문일지 모르겠다는 생각이 들었다. 예전이었으면 왜 또 그러냐며, 알았다고 내가 잘못했다고, 그러니까 기분 풀라고 말했겠지만, 팔자에도 없는 애교를 떨기도 했겠지만, 몇 년이 지난 지금에 와서까지 그래야만 하겠냐는 생각으로 이쪽에서도 그냥 전화를 끊어버렸으니까.

상윤 오빠, 여기서 뭐 해요, 라는 목소리가 들려와 고개를 들었을 때는 처음 보는 여자 둘이 그와 상윤이 앉은 테이블로 가까워져 오고 있었다. 애초에 발이 넓기로 유명한 상윤이었으니, 그녀들 역시 상윤과 친하게 지내는 사람들이었을 것이다.

"이분은 오빠 친구예요? 안녕하세요."

네, 뭐, 눈꺼풀이 무거워진 우현은 대충 고개를 숙였다.

"잠깐만 같이 마시다가 가도 되죠?"

라는 말과 함께, 두 사람은 각각 상윤의 옆과 우현의 옆에 앉아 술을 마시기 시작했다.

오빠랑 같은 회사 다니시는구나, 이 옷 잘 어울리네요, 사는 데는 어디예요? 낯선 사람의 낯선 목소리가 앉은 자리의 옆으로부터 계속 들려와 소용돌이쳤다. 우현은 갑작스러운 어지러움을 느껴 고개를 격하게 저었다. 조금 취한 것 같다는 말을 몇 번을 뱉었다. 오늘 안 마시면 안 되냐고 말했었는데. 요즘 정말 자주 마시는 것 같긴 한데. 나오지 말걸. 진짜 나오지 말걸……. 후회 가득한 말들을 속삭이며 우현은 정신을 잃었다.

다음 날, 깜짝 놀라 튀어 오르듯 침대에서 몸을 일으킨 우현은 가장 먼저 주변부터 둘러보았다. 아무도 없는 것을 확인한 뒤엔 자신의 몸을 둘러보았다. 혹시라도 어제 합석했던 사람들과 자신 사이에 무슨 사고가 일어나진 않았을까 하는 불안감 때문이었다. 다행히 그곳은 익숙하디 익숙한 그의 집이었고, 그는 편한 일상복을 입고 있었으며, 그 집에는 그 외에는 아무도 없었다. 상윤에게 전화를 걸어 어제의 자초지종을 물으니, 갑자기 우현이 그답지 않게 정신을 잃어, 자기보다도 키가 큰 그를 업어서 오고 옷을 갈아입혀 주느라 여간 고생을 한 게 아니라는 목소리가 들려왔다. 물론 그 말들 중간중간에는 분노와 친근함이 묻어나는 욕설이 섞여 있었다.

다시는 그런 술자리는 갖지 말아야겠다고 생각했다. 아무리 해인과의 관계가 미지근해지고 전과 같지 않게 됐다고 해도 그녀에게 미안한 마음이 드는 자리는 애초에 가지면 안 되는 거였다. 숨길 만한 말이나 행동은 절대 하지 않겠다고, 언제까지나 당신 곁만 지키겠다고 맹세했던 시절이 생각나, 우현은 일순간 얼굴이 뜨거워지는 것을 느꼈다.

＊＊＊

물을 두 잔 연달아 마시며 겨우 정신을 차린 뒤 핸드폰을 들여다보니 시간은 열두 시 반이었다. 어느덧 토요일, 해인을 만나러 갈 시간이었다.

두 사람은 주로 해인의 집에서 주말을 보내곤 했다. 우현의 집에는 이렇다 할 장식도 가구도 없이 필요한 것만(가끔은 필요한 것조차도 없었다) 있었으며, 무엇보다도 그러한 적막을 우현이 싫어했기에, 주말만이라도 해인의 아늑하고 정겨운 집에서 함께하자는 암묵적인 약속이 있었기 때문이다.

위아래로 색이 같은 운동복을 아무렇게나 주워 입고 버스에 올랐다. 집 앞에서 버스를 타고 열 정거장만 가서 내리면 해인이 사는 집 앞이었다. 두 사람이 처음 만난 날짜 여섯 자리를 누르니 도어락이 경쾌한 소리를 내며 열렸다. 음식을 만들고 있었는지 맛있는 냄새가 풍겨왔다.

"뭐 만들어?"

"콩나물국. 어제 많이 마신 것 같길래요. 연락도 잘 안 되고?"

"맛있겠다."

해인의 말이 은근히 자신을 추궁하는 것처럼 느껴져, 우현은 괜히 신발을 벗자마자 해인의 옆으로 와서 국자를 건네받고는 국물부터 맛봤다. 그리곤 능숙하게 소파에 앉아 어제 술자리에서 상윤과 상윤의 지인들로부터 추천받은 음악을 듣기 시작했다.

"처음 듣는 음악이네?"
"어, 그냥. 어제 어쩌다 들었는데 좋길래."
"그렇구나?"

해인은 그렇게 말하고는, 눈을 가늘게 뜨며 우현의 앞에 쪼그려 앉았다. 그리곤 신중하게 말을 꺼내기 시작하는 거였다.

"자기 사실 내가 좀 큰일 난 게 하나 있어."
"뭔데?"

흔들리는 동공, 무슨 일이 있는 건가 우현이 한 번 더 물었다. 뭔데 그래?

"사실 내가 조금 아프대요."
"뭐?"

아직 몽롱하게 남아 있었던 술기운이 확 날아가 버리는 기분. 그게 무슨 말이야? 어디가 아프다는데?

"그게……."

"그게?"

"하늘나라에 올라가야 할 것 같아. 천사들이 있는 곳이랑 인간들이 있는 곳이랑 기압이 다른데, 내가 날개가 떨어지는 바람에 여기서 지내게 됐잖아. 그게 조금 문제가 된다더라고?"

그렇게 말하곤 해인은 배시시 웃는다. 전날 과음한 우현을 위해 해장 음식을 준비하는 자신이 스스로 보기에도 기특하고 예뻐서, 문득 발랄하고 귀여운 거짓말을 하고 싶었던 모양이었다.

"쓸데없는 거짓말 좀 하지 마."

우현이 핸드폰을 신경질적으로 소파에 내려두며 말했다.

"아니 난 그냥, 재밌으라고……."

"거짓말 재밌는 것도 하루 이틀이지. 언제까지 이럴 건데?"

분위기가 일순간 무안하고 차가워졌다. 그런가, 내가 좀 심했나, 해인이 멋쩍은 웃음을 지으며 다시 부엌으로 가서 달그락거리며 이것저것을 챙기기 시작했다. 우현은 그 출처도 모르고 행선지도 모르는 짜증과 분노가 가시지 않는다는 듯 입술만 연신 깨물어 댈 수밖에 없었다.

* * *

사실 거짓말을 좋아하는 것은 노래를 제외하곤 거의 유일한 그녀의 취미였다. 연애 초반부터 그랬다. 해인은 때와 장소를 가리지 않고 우현에게 거짓말을 남발하곤 했다. 그가 거짓말에 속을 때마다 곤혹스러워하는 것을 보는 게 그녀는 늘 즐거웠다.

'오늘은 조금 늦을 것 같아.'라고 말하곤 미리 약속 장소의 구석에 쪼그려서 그를 기다리고 있었다. '나 아파'라고 말하며 그를 걱정시키곤, '비염 때문에 노래가 잘 안 나와서 마음이 아파'라고 말했다. '나 유학 가'라는 말에 깜짝 놀라는 우현의 얼굴을 보고는 내 형편에 어디를 가느냐며 웃었다. '나 어딨게? 널 위해 준비한 선물이야.'와 같은 말로 매년 그의 생일을 챙겨주기도 했었다. 또 사실 그녀는 비를 좋아했지만, 비가 오는 날마다 자신을 챙겨줬던 우현 때문에 비가 싫다고 거짓말을 일삼기도 했다. 비에 관한 거짓말은 여전히 들키지 않은 채로 현재진행형이었다.

그건 아무에게나 던지는 거짓말들이 아니었다. 해인이 누군가에게 귀여운 거짓말을 하기 시작했다는 건, 그 사람을 그녀의 반경 안에 들였다는 것이나 다름없었다. 그녀의 사람이 된 사람들, 그녀의 발랄함과 반짝거림에 매료된 사람들은 우현이 그랬던 것처럼 그녀의 거짓말에 진심으로 반응하고 곤혹스러워하고, 진심으로 그녀를 걱정해주고 그녀에게 집중해주었다. 그녀는 그때마다 자신이 사랑받고 있다는 기분에 휩싸여 당장이라도 죽어도 괜찮겠다는 마음이 되곤 했었다.

우현 역시 그녀의 그런 거짓말이 내심 즐거웠고 언젠가부턴 기다려지기까지 했다. 어린 시절 내내 고요하고 허무하게만 지내왔던 그에게 그녀의 스릴 넘치는 거짓말들은 어떻게 보면 안성맞춤으로 들어맞는 놀이였으며 이벤트였으니까.

그녀의 그러한 거짓말들은 지루한 걸 싫어하는 그에게 일일이 사랑스러움으로만 다가왔다. 고마워하는 여자와 일일이 놀라고 그를 즐기는 남자. 그녀는 그에게 언제나 놀라움이자 축제 그 자체였다.

하지만 시간이 점점 흐를수록 그녀의 거짓말들도 점점 지루하게만 다가왔던 거다. 가끔은 짜증을 유발시키기도 했던 거다. 안 그래도 바쁘고 생각할 게 많은데, 당신과 함께 보내는 주말만큼은 그저 무던하고 여유롭게만 보내고 싶은데, 굳이 놀랄 거리와 크고 작은 소란스러움을 만드는 그녀가 나아가서는 원망스럽기까지 했다.

하지만 해인은 한 번 마음에 들인 사람은 좀처럼 그 경계선 밖으로 밀어내지 않는 사람이었기에 그가 기분이 좋아 보이는 날이면, 그리고 그의 진심 가득한 걱정이나 그녀를 향한 집중이 필요한 날이면 조심스레 귀여운 거짓말에 도전할 수밖에는 없었던 것이다. 영원히 혼자서만 남아 거짓말 놀이를 계속하게 된다고 해도 어쩔 수 없었다. 그게 그녀의 사랑하는 방식 중 하나였으니까.

쓸데없는 거짓말 좀 하지 마.

그 말이 오래 귀에 맴도는 밤. 해인은 등을 돌린 채로 잠든 우현의 뒷모습을 가만히 바라보았다. 숨을 쉴 때마다 조용히 오르내리는 몸통이 예쁘고도 슬프다는 생각이 들었다.

2장
당연해진다는 것

우현에게는 오랜만에 찾아온 여유였다. 가끔 그런 날이 있었다.

광고 회사의 특성상, 우현의 직장은 바쁠 땐 극단적으로 바빴고 안 바쁠 땐 '이래도 괜찮은 건지' 싶을 정도로 여유가 넘치곤 했다. 담당했던 프로젝트를 무사히 마친 뒤 그에게는 무서우리만치 적막한 하루가 기다리고 있었다. 그를 찾는 사람도 그에게 무언가를 부탁하는 사람도 없었다. 이래서는 출근한 의미가 없다는 생각도 들었지만, 그렇다고 화끈하게 휴가를 보내주는 곳 또한 아니었기에 우현은 그저 자리에 앉아 포털 사이트 곳곳에 들어가 보거나 새로운 소식이 없는 메일함을 괜히 몇 번 열어보기만 했다. 점심시간에는 일부러 최대한 먼 곳까지 걸어가서 밥을 먹고 돌아왔다.

해인에게 '뭐해?'라는 문자메시지를 보내봤지만, 답장은 돌아오지 않았다. 어제 어렴풋이 듣기로는 종일 바쁘게 녹음해야 하는 날이라고 했었다. 상윤 역시 한창 진행 중인 광고 건으로 정신이 없는 것 같았다. 우현은 다시 모니터를 보고 이곳저곳을 눌러보기 시작했다. 시간이 더디게 흘렀다.

그렇게 필요 이상으로 여유로웠던 하루를 분주히 낭비하고 난 뒤엔 집에 가기는 싫지만 또 딱히 갈 데는 없어 회사 주변을 맴돌았다. 어쩌다 점심을 급하게 먹는 바람에 체기가 있어 저녁은 거르고 싶었다. 사지도 않을 옷을 구경하고 서점에서는 표지가 예쁜 책을 괜히 몇 번 들었다가 놓아보기도 했다.

야구 연습장이 눈에 들어온 것은 우연이었다. 우연히 우연 오락실이라는 간판을 보고는, 그래, 사람들은 항상 내 이름을 우연으로 헷갈려 하더라, 생각하는데, 문득 몸을 좀 움직이고 싶다는 마음이 떠오르는 거였다. 특출나게 잘하는 운동도 없고 아무 활동도 없이 집에 있는 것도 좋아하는 그였지만, 또 야구라는 운동을 즐겨 하거나 보는 편도 아니지만, 얼마나 헛스윙을 하고 점수가 낮게 나오든 지금보다는 재밌을 것 같았다.

빠른 공이 날아오는 자리에서는 거의 공을 건드리지도 못했기에 다음에는 보통의 자리로 또 그다음에는 느린 공이 날아오는 자리로 자리를 옮기며 분주히 배트를 휘둘렀다. 여기저기서 깡깡 경쾌한 소리가 울려댔고 바로 옆의 사격장에서는 경품으로 인형을 받아서 누군가가 꺅꺅 소리를 질러대는 소리가 들려왔다.

이마에 땀이 송골송골 맺힌 채로 그 소리를 듣고 있자니 해인이 생각났다. 이곳은 아니지만, 언젠가 이곳과 비슷한 곳에서 그 역시 저런 인형을 그녀에게 건넨 적이 있었다. 물론 저것보다도 작은 꼴등 인형이었는데도 해인은 마치 복권이라도 당첨된 것처럼 그것을 껴안고 또 사진을 찍고, 이곳저곳에 자랑을 해댔었다.

생각해 보면 그랬다. 애써 기억해 내려 하지 않아도 무언가를 보면 곧바로 그녀를 떠올리게 되는 지금처럼 해인은 우현에게 언젠가부터 당연한 일부가 되어 있었다. 꼭 만나려 하지 않고 만지려 하지 않아도 늘 내 앞에 있고 내 손에 닿는 사람, 먼저 와서 내게 안기는 사람이었다. 강렬하게 떠올라서 나의 하루를 망쳐놓는 건 아니지만, 시도 때도 없이 잔잔하게 떠올라 흥얼거리는 콧노래 같은 사람이었다. 그러므로 한편으로는 조금은 지루해진 사람. 누군가에게 이 사람 좀 보라며 자랑하기엔, 굳이 이제 와서, 라고 생각하게 된 사람.

빨갛게 배트 자국이 난 손바닥을 흐린 눈으로 내려다보다가 철로 된 안전문을 열고 나왔다. 시간이 시간인지라 카운터 쪽도 거리 쪽도 여러모로 어수선했다. 교복을 입은 학생들이 많았다. 오락실 안에 코인 노래방 기계가 있는 건지는 몰라도, 문을 제대로 닫지 않았는지 콧소리가 가득한 노래가 들려오고 있었다. 우현은 얼른 조용한 곳으로 가고 싶다고 생각하며 걸음을 서둘렀다.

그러다 어딘지 모르게 낯이 익은 사람의 실루엣이 눈에 들어왔다. 실루엣은 왠지 모르게 곤란해하고 있는 것 같았다. 분주한 몸짓으로 마주치는 사람들에게 무언가를 설명하고 양쪽 검지로 작은 네모를 그려 보이고 있었다.

"이상해. 여기가 아니면 아무 데도 없을 텐데……."

우현은 가만히 멈춰서 그 사람을 살펴보다가 이내 그 기시감의 정체를 알고는 천천히 그 실루엣을 향해 걸어가기 시작했다. 그리고 그의 앞에 도착해 멈춰서고는, 그 사람이 우현을 올려다볼 때까지 가만히 있었다. 그녀가 우현을 올려다보고는 안 그래도 큰 편이었던 눈을 조금 더 땡그랗게 떴다. 우현이 물었다.

"맞죠? 대학생 인턴?"
"안녕하세요, 선배님!"

직속 선배까지는 아니지만, 얼마 전 부서별로 몰려다니며 인사하고 다녔던 모습은 분명하게 기억할 수 있었다. 기억하기 쉬운 얼굴이었다. 다른 학생 인턴들은 전부 검은 옷에 검은 머리를 하고 있었지만, 그녀만큼은 회색 옷에 조금은 밝은 갈색 머리를 하고 있었으니까.

"여기서 뭐 해요? 무슨 일 있어요?"
"아, 아닙니다. 선배님. 제가 여기서 놀다가 지갑을 잃어버린 것 같아서요. 어떡하지."

아닌 건 아닌 건데 아닌 와중에 어쩌냐고 하는 건 뭘까. 우현은 속으로 생각했지만, 생판 남도 아니고 일면식이 있기는 있는 사이니 함께 찾아주기로 마음먹었다. 자신의 머리카락 색과 비슷한 색의 카드 지갑이라고 했다.

'어떡하지'를 열 번쯤 더 들었을 때 우현은 동전 교환 자판기 아래에 박혀 있는 그녀의 지갑을 찾을 수 있었다. 여기저기 굴러다니다가 누군가의 발에 맞아 깊숙이 들어가 버린 모양이었다. 지갑을 꺼내어 대충 먼지를 털어내고 그녀에게 건네니 그녀는 무척 신난다는 듯 우현의 한쪽 팔을 두드리며 방방 뛰어대기 시작했다. 해인이 아닌 여성이 자신의 몸을 건드리는 것은 꽤 오랜만이었기 때문에 우현은 자기도 모르는 새에 팔에 소름이 돋았다.

"진짜 너무 감사합니다. 선배님. 식사는 하셨나요? 제가 너무 감사해서 밥이라도 사드리고 싶은데."
"아니요. 그럴 필요까진 없는데."
"그래도 사드리게 해주세요. 제가 너무 감사해서 그래요. 마침 너무 배고프기도 하고……."

우현은 여자의 그 말이 또 어디선가 들어봤던 말인 듯 익숙하게 다가와 홀리기라도 한 것처럼 그러자고 대답했다. 그녀는 무엇을 드시고 싶으시냐고 물었고 그는 문득 그녀의 이름조차도 제대로 알지 못한다는 것을 깨달았다.

"저는 다 좋아요. 그런데 제가 그때 소개를 제대로 듣지 못해서요. 이름이 어떻게 돼요?"

"아, 제가 들어온 지 얼마 안 돼서 기억하시기가 힘드시죠. 저는 박경원이라고 합니다. 선배님."

"경원 씨구나. 저는 아무거나 다 좋습니다. 정말로요."

"그러면 감자탕 어떠세요?"

"감자탕?"

"네, 별다른 이유는 없고, 주변에 맛집이 있는지 없는지도 모르고, 그냥 제가 먹고 싶어서요."

이건 당돌한 건지 솔직한 건지, 이게 요즘 사람들이 말하는 요즘 사람들인가 싶어서 우현은 그저 그러자고만 대답했다. 마침 찾아보니 오 분도 안 걸리는 거리에 평가가 나쁘지 않은 감자탕집이 있었다.

감자탕을 사이에 두고 둘은 이런저런 이야기를 했다. 회사 생활에 관한 이야기, 보고 배우면 좋을 사람에 관한 이야기, 인턴으로 오기 전의 대학교와 그 대학의 전공에 관한 이야기 같은 것들. 경원은 주변에 있는 대학교에서 연출을 전공한다고 했다. 영화를 연출하는 일에 매료되어 공부를 시작했지만 공부를 계속하다 보니 자신에게는 긴 호흡으로 이야기하는 영상보단 짧은 호흡으로 분명한 메시지를 전달하는 광고 영상 쪽이 더 맞을지도 모르겠다는 생각을 하게 되었다고. 그래서 호기롭게 '입사 지원을 질러봤는데' 운 좋게도 합격할 수 있었다고 말했다. 그러니까 선배님이 많이 알려 달라고, 저는 사실 광고는 아무것도 알지 못하는 사람이라고.

무엇 하나 뻔한 것이 없는 사람이구나. 수저로 국물을 떠서 먹으며 우현은 그렇게 생각했다. 그다지 술 생각이 있는 건 아니었지만 소주 한 병만 같이 마셔 주시겠냐는 경원의 말 앞에서는 자기도 모르게 고개를 끄덕였다. 어딘지 모르게 지금 이 자리가 무료했던 하루를 잘 견뎌낸 보상처럼 느껴지기도 했다. 테이블 위에 올려두었던 핸드폰이 바르르 떨렸다. 해인이라고 적힌 사람이 보낸 메시지였다.

'나는 조금 전에 겨우 끝……. 뭐 하고 있어요?'

무슨 일이냐는 듯 경원이 눈썹을 들어 보였고 우현은 별일 아니라는 듯 손을 휘저었다. 고생했다는 말, 나는 그냥 있었다는 말, 또는 네가 아닌 누군가와 밥을 먹고 있다는 것을 그럴듯한 변명들로 덮어내어 말하는 게 꽤 성가신 일처럼 느껴지고 있었다. 소주는 어느덧 바닥을 보이고 있었고 감자탕은 제법 많이 남아 있었다. 경원이 까랑까랑한 목소리로 점원을 부르고는 소주를 한 병 더 주문했다. 우현은 핸드폰을 열어보는 대신 창가 쪽으로 고개를 돌려 바깥을 바라봤다.

* * *

다음 날 우현은 잠에서 깨어 두 통의 메시지에 답장했다. 해인에게는 어쩌다 보니 일찍 잠들었었다는, 늦었지만 고생이 많았겠다는 답장을, 경원에게는 정말 괜찮으니 고맙다는 말 좀 그만하라는, 앞으로는 잃어버리지 말라는 답장을 보냈다. 그리곤 핸드폰을 머리맡에 도로 내려두고는 천장을 보며 한숨을 내쉬었다. 자기 숨소리만 들려오는 조용한 아침이었다.

오늘 지갑도 찾아주시고 같이 밥도 드셔 주셔서 너무 감사했어요.

앞으로도 잘 부탁드리고 회사에서 뵙겠습니다.

다음에도 같이 밥 먹어요.

밤늦게 경원이 보내온 메시지에는 그런 글자들이 적혀 있었다.

몇 번을 고개 숙여 인사했으면서 그 늦은 밤에 다시 한 번 메시지를 보내온 이유는 뭘까. 그만큼이나 미안하고 고마워해야 할 일일까. 궁금한 점이나 고민이 있으면 연락해도 되냐고 해서 그러라고 했을 뿐인데, 빈말이 아니었던 걸까. 메시지를 보내온 속뜻은 뭘까. 그저 든든하고 가까운 직장 선배가 하나 생겨서 그게 기뻐서 보내온 걸까. 아니면 다른 의미라도 있는 걸까.

그렇게 망상을 거듭하다가 우현은 생각했다. 그나저나 내가 이렇게 자주 걔한테 거짓말을 했던가. 아닌 게 아니라 우현은 다른 사람에겐 그럴지 몰라도 해인에게만큼은 거짓말하지 않는 사람이었다. 좀처럼이 아니라 절대 하지 않는 사람이었다.

정말 그랬다. 해인은 우현에게 시도 때도 없이 거짓을 말했지만, 그러므로 즐거워하고 행복해했지만, 반대로 우현은 해인에게 거짓말하지 않았다.

“우현아.”
“응?”
“거짓말하지 말아줘. 언제나 그래 줘야 해.”
“갑자기 왜 그런 이야기를 해?”
“그냥. 서툴러도 좋고 멋없어도 좋으니까 처음 만났을

때부터 그랬던 것처럼 앞으로도 내게 투명해 줘. 바보 같은 모습도 전부 보여줘."

우현과 해인이 매일같이 만나 함께하기 시작한 지 얼마 지나지 않아 해인은 우현에게 그렇게 말했었다. 나는 너의 그런 부분들을 사랑한다고. 내가 좋아서 참을 수 없었다는 듯이 뱉어내는 진심들이 나는 너무너무 좋다고 말하는 해인의 표정과 말투는 평소와는 다르게 부쩍 간절하고 거짓이 없어 보여서, 어쩐지 이 말만은 진심으로 받아들이고 알겠다고 말해야 할 것 같아 우현은 그저 고개를 끄덕일 수밖에 없었다.

거짓말만은 하지 말아 달라고 말했던 해인의 그 표정은 시도 때도 없이 떠올라 그를 투명하게 만들었다. 그러므로 우현은 언제나 보고 싶었다는 말과 네가 있어서 내 삶이 통째로 뒤바뀌었다는 말을 매일같이 그녀에게 건넸다. 바보 같은 뚝딱거림과 서툰 말주변도 서서히 나아지기 시작했다. 물론, 그에 따라 점점 처음의 강렬했던 감각과 설렘들은 차분하고 밋밋하게 다가오는 것만 같았지만.

내가 만약 그 아이한테 거짓말을 하게 된다면,그리고 그 사실을 그 아이가 알게 된다면 그 맑고 밝은 얼굴에는 어떤 표정이 깃들게 될까. 혹시 눈물을 흘리게 되지는 않을까. 우현은 종종 그런 상상을 혼자 하고는 절대로 그러지 말아야겠다 다짐했었다. 하지만 어째서일까. 이제는 울컥하기보단 한숨만 나오는 이유는. 미안하기보단 성가시다는 생각을 하게 된 건.

어쨌든 아무리 직장 후배라지만 우현이 해인이 아닌 여자와 저녁을 먹으며 해인의 메시지를 무시하고 뒤늦게 잠들었다고 거짓말을 한 것은 사실이었다. 그 사실만은 달라지지 않았다.

얼마나 눈을 뜬 채로 누워 있었던 걸까, 다시금 핸드폰을 들여다봤을 때 시간은 십 분도 훨씬 더 흘러 있었다. 조금 더 꾸물대다가는 지각할 것 같았다. 우현은 마지막 한숨을 내쉬곤 몸을 일으켰다. 그때 핸드폰이 짧게 울었다. 누군가가 메시지를 보내온 모양이었다. 해인일까? 경원일까.

'그랬구나? 많이 피곤했나? 오늘은 좀 어떤데? 안 피곤하면 이따 저녁에 밥 같이 먹을까? 오랜만에 산책도 좋구요!'

해인이 보내온 답장이었다. 언젠가 우현이 해인을 똑

닮았다고 말했던 병아리 모양 이모티콘과 함께였다.

염치도 없고 양심도 없지. 당연히 해인이어야지. 우현은 스스로를 꾸짖듯 평소보다 더 얼굴을 벅벅 비벼 닦았다.

* * *

그간 의식하지 못했던 걸까 아니면 오늘 저 사람이 유난히 튀게 입고 튀게 행동하는 걸까. 우현은 책상 파티클 너머로 빨빨거리며 돌아다니는 경원이 자꾸 눈에 들어와서 성가시다는 생각을 했다.

경원은 부서 안팎의 사람들이 부탁한 일을 하느라 분주히 움직이고 있었다. 이쪽 책상에서 저쪽 책상으로 서류를 옮겼고 테이프와 가위를 찾으려 온 사무실을 누볐다. 그 모습은 꼭 어제저녁 잃어버린 지갑을 찾으려 분주히 오가는 그녀의 모습을 생각하게끔 했다. 가위와 테이프는 경원의 책상 바로 옆 선반에 보란 듯이 올려져 있는데 말이다.

'지갑을 어쩌다 잃어버린 게 아니라 사람 자체가 좀 칠칠치 못한 거였구나.'

우현은 자기도 모르게 피식 웃었다.

그러니 경원이 자신을 쳐다보는 거였다. 들릴 정도로 크게 웃은 것도 아닌데, 갑자기 여길 왜 봐. 당황한 나머지 얼른 모니터로 시선을 돌렸지만, 시야 저 바깥에서 자신을 보며 작게 웃는 경원을 우현은 느낄 수 있었다.

"선배님, 점심 같이 먹어요."

점심시간에 경원이 우현에게 다가와 말을 건 것은 그날 회사의 몇몇 사람에게 이야깃거리가 됐다. 얼마 전에 들어온 인턴 직원이 그것도 자기 부서가 아닌 타 부서의 남자 직원에게 같이 밥을 먹자고 하다니. 그곳의 생태계를 아는 사람이라면 누구에게나 작은 즐거움으로 다가갈 만한 이야기 소재인 것은 분명했다.

우현은 순식간에 얼굴이 화끈해지는 것을 느꼈지만 짐짓 별일 없다는 듯 고개를 끄덕이며 그러죠, 라고 짧게 대답하곤 외투를 챙겨 입었다.

두 사람은 회사에서 그리 멀지 않은 곳에 있는 카페에 가서 샌드위치와 커피를 함께했다. 우현은 어제보다는 조금 경직된 표정으로 점심을 먹었다. 체할 것 같은 느낌. 하지만 경원은 그런 건 안중에도 없다는 듯 그런 우현을 다 꿰뚫어버릴 듯 빤히 쳐다보는 거였다.

"왜, 뭐. 맛없어요?"
"아니요. 그냥요. 날씨가 좋아서요."
"오늘 미세먼지 농도 엄청 높아요. 저기 하늘 안 보이나?"
"모르겠는데요."
"하여간 광고회사 다닌다는 사람이. 뉴스는 읽으면서 지내야지."

언젠가 가장 따분하고 별로라고 생각했던 선배가 했던 말을 그대로 읊으며 우현은 자기가 앞에 앉은 경원을 불편해하고 있다는 걸 깨달았다. 그 불편함은 경멸이나 미움에서 오는 불편이 아니었다. 오히려 그 반대편의 호기심과 호감에서 오는 것이었다.

"선배님은 만나는 사람 없어요?"

경원이 뱉은 그 말은 정말 반가우면서도 끔찍한 말이었다. 반가운 것은 이쪽이 상대방을 궁금해하고 상대방에게 끌리는 것처럼 상대방 역시 이쪽을 궁금해하고 있다는

데에서 오는 반가움, 끔찍한 것은 그러한 질문의 끝에 서 있는 사람은 아주 오래 '만나는 사람'으로 곁에 서 있었던 해인의 존재를 인정하고 그렇다고 만나는 사람이 있다고 대답해야만 한다는 데에서 오는 끔찍함이었다.

"별로. 없어요. 쓸데없는 거 물어보지 말고 얼른 먹고 들어가요."

결국 또 거짓말해버렸다. 우현은 괴로움과 설렘이 뒤섞인 표정으로 급히 샌드위치를 해치우곤 나갈 채비를 했다. 저는 아직 다 안 먹었는데요, 경원이 콧노래를 부르며 남은 샌드위치를 여유롭게 먹기 시작했다. 우현은 작게 한숨을 쉬곤 다시 자리에 앉아 잠자코 그녀를 기다렸다. 저 머리 색깔이, 무작정 나를 잡아끌고 뒤흔들어버리는 계획 없음이, 듣는 사람마저 저 먼 하늘로 금세 날려버릴 정도로 발랄하고 가벼운 노랫소리가 언젠가의 해인과 정말 많이 닮았다는 생각을 무심결에 했다.

점심시간 이후에는 조금 더 열심히 일했다. 슬슬 새롭게 시작해야 하는 프로젝트도 몇 건 있었으며 점심시간 전에 다른 곳에 정신을 팔았더니 남은 시간이 은근히 빠듯했다. 그렇게 바쁘게 움직이고 찾아온 퇴근 시간에는 누구보다 빠르게 짐을 싸서는 사무실을 나섰다. 제발 이번에는 경원이 먼저 다가와서 말을 걸지 않기를. 그러므로 내가 흔들리고 다시금 거짓말 같은 것을 하지 않기를. 그냥 이대로 밖으로 무사히 나가서 아침에 해인과 약속했던 저녁 식사든 산책이든 무엇이든 하게 되기를 빌었다. 다행히 마침 누군가가 경원에게 일을 부탁해서 퇴근하며 그녀를 마주치는 일은 일어나지 않았다. 안도감인지 실망감인지 모를 감정이 느껴졌다.

작년에도 재작년에도 해인과 함께 걸었던 공원에서 우현은 해인을 기다렸다. 만나기로 약속한 시각이 됐는데도 해인은 보이지 않았다. 가끔 나올 준비를 촉박하게 한다거나 걸려 온 전화에 정신이 팔려 늦곤 했으니 그러려니 싶었다.

이내 저 멀리에서 자신을 부르는 해인의 목소리가 들려왔다. 고개를 돌려 그곳을 바라보니 거기엔 예쁜 원피스에 가디건을 입고 걷기 좋은 운동화를 신은 해인이 있었다. 우현은 손을 들어 해인을 맞으려다가 문득, 해인의 걸음걸이가 조금 이상하다는 것을 알아차렸다. 해인은 절뚝이고 있었다. 우현은 얼른 해인이 있는 쪽으로 다가가 그녀를 부축했다. 왜 그렇게 걸어? 오다가 다쳤어?

"그게 아니라……."
"응, 그게 아니라 뭐."
"또 늦어버려서 다친 척 좀 하려는데 그게 잘 안되네."
"뭐?"

해인은 그렇게 말하며 혀를 내밀어 보이는 거였다. 또 거짓말. 우현은 며칠 전처럼 화를 내려다가 이내 작게 웃어 보였다. 해인은 웬일로 짜증을 안 내고 웃기까지 하냐며 의아해했지만 우현은 아니라고, 원래 이런 거짓말 자주 하지 않았느냐고 대답했다.

그래 넌 그렇게 한없이 착하고 사랑스럽고 귀여운데. 내가 뭐라고 너한테 짜증을 낼 수 있겠어. 우현은 자꾸만 미안한 마음이 들어서 산책하는 내내 땅만 바라보고 걸었다. 걷는 동안 해인이 무슨 말을 했는지 다음엔 어디에서 뭘 하기로 약속했었는지 집에 돌아온 뒤엔 아무것도 기억나지 않았다.

* * *

해인은 당황하고 있었다. 며칠 전부터 느껴지는 낯선 감각은 전에 느껴보지 못한 새로운 종류의 것이었다. 모든 것은 그대로인데, 그토록 오랫동안 제자리를 지키고 있는데, 어딘지 모르게 나를 둘러싼 세계의 일부가 무너지고 있는 것 같은 느낌. 내가 알던 것들이 사실은 사실이 아니었을 수도 있겠다는 막연한 예감이 그녀를 흔들고 있었다.

자신의 연락과 거짓말에 늘 그랬듯 짜증부터 낼 줄 알았던 우현은 놀랍도록 평온한 대답과 미소를 돌려주고 있었다. 이런 거짓말이라면 분명 짜증부터 냈을 텐데. 같이 밥을 먹거나 산책하자고 말하면 힘들다는 말부터 했을 텐데. 짜증은커녕 미소를 짓지 않나, 조금 바쁘긴 하지만 얼른 퇴근해 보겠다고 말해오지를 않나. 하지만 이상하리만치 그게 달갑게 다가오지 않는 거였다.

하지만 그런 이상한 감각들을 다 덮고도 남을 만큼, 우현을 향한 해인의 사랑은 여전히 크고 또 깊었다. 내 당장의 기분은 다 차치하고서라도 언제까지나 우현에겐 귀엽고 해맑은 사람으로 남기를 원했다. 그래서 평소보다도 더 악을 쓰듯이 그에게 매달리고 귀여운 거짓말을 하고 무리해서라도 그를 만나려 애썼던 것인지도 모른다.

오랜만에 바깥에서 술을 마셨다. 어차피 주말 내내 붙

어 있으니 술을 마시더라도 보통은 집에서 마시곤 했지만 가끔은 밖에서 기분을 내고 싶다고 해인이 졸랐기 때문이다. 이번에도 우현은 짜증을 내기보단 순순히 그러자고 대답했다. 사람이 많은 거리를 걸을 때는 거리 위의 다른 많은 연인이 그런 것처럼 우현의 팔에 매달려 괜히 그 팔을 몇 번 흔들어보기도 했다. 해인은 그렇게 떼를 쓰듯 조르고 그의 팔에 매달리는 스스로의 모습이 마치 화를 내는 것만 같다는 생각을 잠깐 하기도 했다.

시끄러운 술집, 소리 지르고 웃고 울고 싸우는 사람들, 음악들, 자극적인 안주의 냄새와 순간순간 코끝을 스치는 담배 냄새들, 그 소란스러운 한가운데에 두 사람이 있었다.

막상 마주 보고 앉아 있으니 그다지 할 말이 떠오르지 않았다. 집에서 술을 한잔할 때야 드라마든 영화든 뭔가 함께 볼거리를 틀어두면 그만이었지만 너무도 오랜만에 찾은 바깥과 너무도 오랜만에 온전히 맞이하는 서로의 얼굴은 어딘지 모르게 어색하기만 했다.

해인은 할 말이 그리 많지 않아 조금 빨리 마신 탓인지 덜컥 취기가 오르는 것을 느꼈다. 졸지 않으려 흐트러지지 않으려 테이블에 팔을 걸치고 앉았다. 그때 테이블이 미세하게 떨리는 것이 느껴졌다. 건너편에 덮인 채로 놓인 핸드폰의 바닥 면이 은은하게 빛나는 것이 보였다. 우현에게 누군가가 메시지를 보내온 모양이었다.

"누구야?"
"뭐가?"
"누구냐고. 진동 울렸잖아요."

우현은 잠깐 핸드폰을 들어 화면을 들여다보곤, 별거 아니야, 답하곤 다시 핸드폰을 내려두었다.

"별게 아닌데 왜 화면을 안 보이게 해놔."
"지금 무슨 말을 하는 거지? 혹시 의심 같은 거를 하나?"
"아니 그렇잖아. 왜 요즘 핸드폰 덮어두는데? 누구냐고 물었는데, 그래서 별거 아니면 그냥 말해주면 되는데 왜 끝까지 안 알려주는데?"
"갑자기 왜 이러지?"

해인은 이유 모를 불안과 서러움 같은 게 터져 나온 나머지 꾹꾹 참아왔던 말들을 뱉기 시작했다. 그 출처 모를 당황스러움에 관해서. 최근의 미묘한 변화들에 관해서. 스스로를 괴롭히는 스스로의 막연한 의심에 관해서.

"아, 더 말하기도 짜증 나. 떳떳하면 보여줘 봐."
"이렇게까지 해야 하나? 우리가?"

해인은 더 못 참고 덮인 채로 있는 우현의 핸드폰을 집어 들었다. 밝아진 화면에는 상윤으로부터 부탁한 파일 보내두었다는 말들이 적혀 있었다.

"별거 아니라고 말했는데 왜 그걸 못 믿냐. 질리게."
"질리게? 질린다고 했어?"
"해인아."
"한 삼 년 만나니까 이제 나랑 그만하고 싶어? 막 안 보고 싶고 그런가?"
"말 함부로 하지 마."
"왜 그래야 하는데? 보면 가끔 나를 가르치려 드는 거 같더라? 지금 질린다고 먼저 말한 건 너잖아."
"그 질린다는 말이 아니잖아. 네가 질리는 게 아니라 내 딴에는 억울하니까."
"그러니까 결국에는 내가 잘못한 거잖아. 너는 잘못 하나도 없는데 내가 괜히 미친 사람처럼 의심한 거잖아. 난 그냥 요즘 우리 모습이 좀 낯설어서 그런 건데."
"만난 지가 벌써 삼 년인데 어떻게 사이가 한결같을 수가 있어.”

“난 한결같았는데.”

우현은 무슨 말을 더 하려다가, 이내 됐다고 말하고는 테이블을 내려다봤다. 해인 역시 비슷한 표정으로 그러고 있었다. 그리고 얼마나 지났을까. 아무 말도 없이 앉아 있는 해인의 어깨 위로 우현이 외투를 덮어주며 말했다. 그만 돌아가자. 해인은 됐다고, 먼저 가라고 대답했다.

“이렇게 주변이 어수선한데 어떻게 놓고 가. 빨리 가자. 불편하면 데려다주고 나도 오늘은 일찍 집에 갈 테니까.”

그렇게 집으로 돌아온 해인은 창밖으로 우현이 멀어지는 것을 보며 찔끔찔끔 눈물을 흘리기 시작했다. 의심과 미안함, 허탈함이 뒤섞여 점점 스스로가 망가져 가는 것만 같았다.

물론 함께한 시간이 시간인지라 내일이면 내일이 아니더라도 모레면 다시 언제 다퉜냐는 듯 밋밋하지만 동시에 무던하게 연락을 주고받고 만나서 시간을 보낼 것이었다. 하지만 해인이 두려워하는 것은 바로 그 당연해진 일상이 어느 날 사라져 버릴지 모른다는 걱정 그 자체였다.

누가 잘하고 누가 잘못했는지를 가리기에 앞서서 두 사람의 관계가 예전과 같지 않다는 것은 사실 두 사람 모두가 이미 알고 있었다.

처음엔 그랬다. 일할 때를 제외하곤, 통화하지 않는 시간보다 통화하는 시간이 훨씬 길었다. 별다른 할 말이 있지 않더라도 전화로 연결된 채로 각자의 집에서 시간을 보내고 밥 먹는 소리 설거지 등의 집안일 하는 소리를 서로가 서로에게 들려주곤 했다. 그러다 어느 한쪽이 잠에 들면 그 사람이 듣고 있는지 아닌지와는 관계없이 사랑한다며 지금의 마음을 있는 그대로 속삭이고는 전화를 끊었다.

하지만 시간이 지나면서는 점점 통화하지 않는 시간이 통화하는 시간보다 길어지기 시작했다. 해야 할 말이 있거나 약속을 잡을 때, 심심하거나 일과 일 사이에서 시간이 날 때만 그때를 통화할 타이밍이라고 생각하게 됐다. 심한 경우엔 온종일 목소리 한 번 못 듣다가 자기 직전에 오늘도 고생했어, 잘자, 라는 말을 짧게 나누곤 끝이었다. 물론 그러는 과정에서 해인이 불만을 표현하기도 했지만 나도 직장을 구한 이상 전과 같을 수는 없다는 우현의 말에 한편으로는 포기할 수밖에는 없었다.

비단 통화뿐만 아니라 다른 많은 것도 두 사람의 관계가 예전과 같지 않다는 것을 보여주고 있었다. 문자메시지를 나눌 때도 이모티콘과 ㅋ 또는 ㅎ의 개수가 예전만 못했다. 바깥을 나다니지 않으면 입안에 가시가 돋기라도 하는 사람들처럼 서울과 전국 곳곳을 누비던 시절이 그들에게도 있었지만, 점점 두 사람의 주말은 곧 해인의 집에서의 주말로 당연해져만 갔다. 그러다 보니 약간의 반항심으로 바깥으로 나와 억지 술을 마시게 되었고 또 그러다 보니 서로의 날카로운 모습과 전보다는 만족스럽지 않게 된 마음 같은 것들이 튀어나와 서로에게 날을 세우게 되었는지도 모른다.

* * *

우현은 죽다 살아났다고 생각했다. 물론 남자와 여자 사이의 이성적인 감정을 갖고 경원과 연락하는 것은 아니었지만 경원이 여자라는 점과 근무시간 외에도 종종 말을 걸어온다는 점은 명백한 사실이었고 그것을 해인이 알게 된다면 그녀에게 커다란 상처로 다가갈 것도 너무도 잘 알고 있었다.

만약 그때 그 술집에서 자신에게 메시지를 보내온 것이 상윤이 아닌 경원이었다면 그래서 한껏 예민해진 해인이 그녀가 보내온 메시지를 보기라도 했다면 어떻게 됐을까. 과연 내가 그때처럼 실망한 척 상처받은 척을 할 자격이 되었던 걸까. 미안해하고 괴로워해야 하는 건 해인이 아니라 내가 아니었을까. 무시무시한 죄책감에 휩싸여 잠자리에 들 수가 없었다. 어떻게든 벌어진 거리를 좁히고 싸늘해진 온도를 데워야만 했다.

아침 일찍 일어나 꽃집에 들러 꽃을 샀다. 꽤 괜찮은 식당의 남은 점심식사 자리를 부랴부랴 예약했다. 그리곤 다시금 그녀의 집 앞으로 가서 그녀에게 전화를 걸었다.

"응, 왜요?"
"오늘 나랑 놀래?"
"오늘?"
"응, 창밖에 좀 봐봐요."

창문이 열리는 것을 확인하고 우현이 꽃다발을 들어 보였다. 시든 장미처럼 색도 없고 생기도 없었던 해인의 얼굴에 일순간에 화색이 돌기 시작했다. 그건 마치 아주 깨끗한 물에 주황색 붉은색 예쁜 물감이 퍼지는 것처럼 순간적으로 일어나는 일이었기 때문에 우현은 그 모습에 다시금 감탄할 수밖에는 없었다. 그래 저렇게 예쁘게 웃는 사람이 이렇게나 오랫동안 내 곁에 있어 주고 있는데, 내가 이러면 안 되지. 고마운 줄 아는 사람이라면 그리고 정말 소중한 게 뭔지 아는 사람이라면 이러면 안 되지. 우현은 마찬가지로 활짝 웃으며 해인을 올려다보았다. 입 모양으로'기다릴게'라고 뻥긋대며 말했다.

그렇게 도착한 식당에서 둘은 여느 때처럼, 여느 때보다도 더 친밀하게 대화하고 눈빛을 나눴다. 우현이 미리 준비해 둔 맛있는 음식을 해인의 접시에 옮겨주었다.

"그런데 여기 양이 되게 많네?"

해인이 말했다.

우현은 그럴 리가 없다고 말했다. 후기 찾아봤는데 여기가 맛은 되게 좋은데 양이 조금 아쉽다는 말들이 많았는데? 그러고 보니까 조금 아까 떠서 준 거에서 거의 양이 안 줄었는데? 입맛이 없어 해인아?

"아닌데, 나 되게 열심히 먹은 거 같은데. 아닌가?"

아무튼 나 잠깐 화장실 좀 다녀올게요. 해인은 말했고 우현은 그러라고 말하며 가게 곳곳에 시선을 옮겼다. 아무리 봐도 맛도 맛이지만, 예쁘게 꾸며둔 것이 인기의 커다란 이유 중 하나일 거라고 생각했다. 그때 앉은 곳의 뒤로부터 크고 둔탁한 소리가 들렸다. 그리고 그가 뒤를 돌아봤을 때는 조금 전까지 이어지고 있던 행복하고 평화로운 분위기는 온데간데없었다.

해인이 바닥을 손으로 짚은 채로 반쯤 쓰러져 있었다. 식당 안의 사람들이 저마다 웅성거리기 시작했다. 우현은 얼른 해인에게 달려가 괜찮냐고 물었다. 빈혈기가 좀 있나? 해인은 작게 고개를 끄덕이면서 대답했다.

아주 가끔 무리하거나 감정의 동요가 있을 때마다 해인은 비틀거리곤 했었다. 앉아 있다가 일어나는 순간 눈앞이 안 보일 정도로 어지러움이 몰려오곤 한다고 했다. 하지만 나 말고 다른 친구들도 이러곤 하니까 큰일은 아닐 거라는 말과 함께. 하지만 이번처럼 크게 넘어진 건 처음이었기 때문에 우현이나 해인이나 당황스럽기는 매한가지였다.

다행히 해인이 곧 정신을 차리고 몸을 가누면서 상황

은 마무리됐지만 우현의 놀란 마음은 좀처럼 진정되지 않았다.

"진짜 괜찮은 거지?"

"응.이제 좀 괜찮아."

"혹시나 해서 묻는 건데 설마 지금 이러는 것도 거짓말 아니지?"

"괜찮아진 것도 조금 전에 잠깐 어지러웠던 것도 거짓말 아니야."

해인이 쿡쿡 웃으면서 말했다. 우현은 그래도 혹시 모르니 주말 끝나고 나면 병원에라도 가보라고 재촉했다. 빈혈이 심한 것일지도 모르지만 혹 다른 데가 아픈 거라면 어떡하냐면서. 해인이 여전히 웃으며 알겠다고 말했다. 그래도 걱정해 주니까 기분은 좋네. 그렇게 말하면서.

걱정은 맨날 할 수도 있지 바보야. 우현이 작게 말했다.

* * *

다시금 바쁘고도 별다른 것 없는 일주일이 흘러가기 시작했다. 우현은 사람들을 만나 바쁘게 이야기를 주고받았고 해인은 빠른 노래와 느린 노래를 분주히 불렀다. 녹음이 없는 날에는 집에서 밥을 만들어 먹고 집안일을 하거나 책을 읽으며 시간을 보냈다.

그날도 그런 날이었다. 우현은 밥 먹을 시간도 없이 바삐 움직였고 해인은 집에서 혼자만의 시간을 보냈다. 밥도 못 먹어서 어떡해. 이따가 우리 집 와서 밥 먹을래? 밥 해놓을까? 해인이 물었고 우현은 좋다고 했다. 김치볶음밥? 좋아하잖아. 해인이 물었고 우현은 다시 좋다고 답했다. 사실 김치볶음밥은 조금 질린다고 다른 걸 먹고 싶다고 말할까 싶었지만 그녀가 가장 자신 있어 하는 음식이기도 했고 맛있게 먹고 있으면 그걸 누구보다도 뿌듯하게 봐주는 그녀의 모습이 좋아서 그냥 알겠다고 했다.

며칠 내내 날이 쌀쌀했는데 그날은 바람 한 점 불지 않았다. 시끄럽게 날아다니던 새들도 한 마리 보이지 않았다. 예쁜 햇살만이 땅 곳곳을 골고루 비추고만 있었다. 느리고 조용하지만 더없이 여유로운 하루. 해인은 냉장고를 열어 김치볶음밥을 만들었다. 배고프다고 했으니까 평소보다 더 많이 그리고 맛있게 만들어야지 생각하면서.

넓은 국그릇으로 봉긋하게 모양을 내어 김치볶음밥을

담아두고는 먼지가 올라가지 않도록 키친타월로 그 위를 덮어둘 무렵이었다. 모르는 번호로부터 전화가 걸려 왔다. 유난히 조용한 하루였기에 그 전화의 벨 소리는 평소보다도 훨씬 더 크게 귀를 찢으며 울리고 있었다.

"여보세요?"
"송해인 님 전화번호 되시나요."
"그런데요, 어디서 전화하셨어요?"

창암 종합병원입니다, 라는 말로 시작되어 날아오는 음성들은 아주 차분하지만 동시에 다급하게 해인에게 지금 바로 병원으로 올 것을 청하고 있었다. 말이 청하는 것이지, 거의 명령에 가깝게 느껴질 정도로 힘이 센 말들이었다.

무슨 일일까, 나 어디 아픈가? 오래 걸릴지도 모르니 일단 이것부터 용기에 옮겨 담아두고 가야겠다. 모양 예쁘게 잡아놨었는데 아까워라. 크고 작은 생각들을 혼잣말로 속삭이면서 해인은 얼른 옷을 주워 입었다. 그 병원은 걸어서 십 분이면 가는 거리였기 때문에 산책 겸 다녀오면 될 일이었다.

'나 잠깐 친구가 급하게 도와달라고 해서 집 앞에 나갔다 오려고. 김치볶음밥 많이 해놨으니까 이따가 와서 같이 먹자.' 해인은 우현에게 메시지를 보내두곤 분주히 병원으로 걸음을 옮겼다. 이상하게 마음이 다급해지기 시작했다.

해인이 가야 할 곳은 병원3층의 신경외과였다. 아무리 이번에 빈혈이 심했어도 그렇지 신경외과라는 이름은 조금 호들갑이 심하다고 생각했다. 해봤자 고기 많이 먹고 챙겨주는 약이나 먹으라고 하겠지.

김*경, 문*유, 강*영, 송*인…….

해인 앞의 이름들이 하나씩 사라지고 이윽고 해인의 차례였다. 조금은 떨리는 마음으로 진료실 문을 열고 들어갔다. 거기에는 다소 날카로운 첫인상의 중년 남성이 앉아 있었다.

"안녕하세요, 선생님."

남자는 말이 없었다. 바깥의 알림 벨 소리, 문이 닫히는 소리, 발걸음 소리에 자신의 인사가 들리지 않은 걸까 싶어 조금 더 큰 목소리로 인사를 건넸다.

"선생님? 안녕하세요?"

남자는 그제야 모니터에서 눈을 떼고는 눈을 그대로 있고 입꼬리만 치켜올린 웃음을 보이며 해인에게 인사를 건넸다.

"안녕하세요, 송해인 님. 앉으세요."

네, 해인은 짧게 대답하곤 자리에 앉았다. 저한테 무슨 문제라도 있는 걸까요? 해인은 물었지만 의사는 다시 그녀의 말을 들은 체도 하지 않고 모니터만 바라봤다. 아, 못 들은 게 아니라 안 들은 거구나. 듣기는 들었어도 그냥 대답을 하지 않은 거구나. 해인은 생각했다.

의사는 모니터 화면을 지켜보며, 무언가 단어들을 신중하게 고르는 것 같았다. 한편으론 자신의 상태를 전혀 모르는 사람 혹은 처음 보는 질병이라도 발견한 사람이 아닐까 싶을 정도로 어떤 깊은 생각에 잠겨 있는 모습이었다. 조금 더 시간이 더 흐르고 난 뒤에야 그는 입을 열기 시작했다.

"아직 확실한 건 아니지만, 송해인 님은요."
"네."

다시 몇 초간의 정적.

"원래 빈혈기가 있었나요?"
"네. 조금 있었어요."
"언제부터요?"
"어릴 때부터 종종 그랬어요. 피곤하거나 컨디션 안 좋으면 더 그랬고요."
"최근 들어서 몸이 더 안 좋다고 느낀 적 있으세요?"
"저번에 식당에서 한번 크게 어지러웠던 거 말고는 없었어요. 그래서 이 병원도 오게 된 거고요."
"그러셨구나. 혹시 최근 들어서 성격이 갑자기 바뀌거나 그랬던 건 없나요?"
"며칠 전에 남자친구와 좀 다투긴 했는데. 딱히 성격이 갑자기 바뀌었다고 느낀 건 없었어요. 평소랑 비슷했어요. 그런데 이런 건 왜 물어보시는 거죠?"
"저도 의사 생활 오래 했지만 이런 말씀을 드리는 게 항상 어렵네요. 송해인 님.
"말씀해 주세요."
"교모세포종이 의심됩니다."

"교모세포종이요?'

교모세포라는 세포들로 이루어진 종기가 생기는 병인 걸까? 그러면 그 종기는 어디에 생기는 거지? 지난 며칠의 샤워들을 잘 생각해 봐도 몸에 종기가 만져진다거나 하는 일은 없는 것 같았다. 의사는 전보다도 더 신중한 표정으로 미간을 구기며 입을 열었다.

"쉽게 말하면 뇌에 종양이 생겼다는 뜻입니다. 여기 보시면 이게 정상인의 뇌고 이 화면이 송해인 님의 뇌입니다. 여기 사진에서 보이는 이 부분이……."

종양이? 다른 사람 말고 내 뇌에? 해인은 혹시 다른 사람의 정보와 헷갈린 게 아닐까 해서, 비스듬히 놓인 그의 모니터를 살펴봤다. 알아볼 수 없는 전문용어들과 촬영사진들의 위로 자신의 이름 세 글자가 분명하게 적혀 있었다.

"저한테요? 제 머리에요? 그런 게 갑자기 생길 수도 있나요?"

"워낙 별다른 징후 없이 발병되는 병이긴 한데요."

그건 다소 비현실적인 대화 내용이었다. 의사의 얼굴에서도, 그리고 자신의 표정에서도 아직 잔잔하게 남아 있는 미소의 흔적을 찾을 수 있었다. 그래도 그렇지 뇌에 종양이 생겼다니.

"그러면 이제 어떡해요? 수술 같은 걸로 없애면 되나요? 요즘 칼로 몸 안 열고 수술하고 그러던데. 저 아직 젊으니까 괜찮죠?"

의사는 아까보다 더 차분해진 음성으로 입을 열었다.

"문제는 이게……. 뇌종양 가운데에서는 교모세포종이 가장 치명률이 높고, 암 가운데서도 치료가 가장 힘든 축에 속하는 암으로 평가된다는 점입니다. 많은 병이 그렇듯 초기에는 환자 스스로 별 이상을 느끼지 못하는 경우가 많습니다."
"아무리 그래도 그렇지만 왜 내가……."

그 뒤로는 말이 제대로 나오지 않았다. 울음이 터져 나온다거나 하는 것도 아니었지만 사는 동안 정체도 알지 못했고 들어본 적도 없는 병의 이름이 갑자기 자신의 앞에서 거론되고 있다는 것이 믿기 힘들 뿐이었다. 어쩌면 내 앞에 앉아 있는 이 중년 남성이 미묘한 표정을 짓던 것도 단어를 신중히 고르는 것처럼 보인 것도 내게 내려진 어떤 선고 같은 것이 그만큼이나 크고 무서운 것이기 때문이었을까.

"그러면 저는 어떻게 해야 하는데요?"
"일단은 조금 더 확실하게 검진해 볼 필요가 있으니까요. 조금 더 자세히 검사를 해보고, 그다음에 수술과 방사선 치료, 항암 치료 중에 적합한 것을 같이 고려해 보는 게 좋을 것 같습니다. 밖에서 자세히 안내해 줄 겁니다."

수술과 방사선 치료, 항암 치료. 영화나 드라마에서나 접해왔던 낯설고 무시무시한 단어들이 들려오고, 그제야 해인은 자신이 손과 다리를 떨고 있다는 것을 알아차릴 수 있었다. 지금까지 당연하다는 듯이 누려왔던 것들이 어쩌면 당연하지 않게 될 수도 있겠구나, 조금 더 충분히 남아 있을 줄 알았던 시간도 어쩌면, 그다지 많이 남아있는 게 아닐 수도 있겠구나.

결국에는, 끝내는 지금보다도 훨씬 더 예쁘게 함께할 수 있으리라 믿었던 우현과의 미래도. 내 것이 아니게 될 수도 있겠구나.

해인은 목을 꾹꾹 누르며, 하지만 분명한 발음으로 의사를 향해 물었다.

"살 수 있나요? 못 살면 얼마나 살 수 있나요?"

3장 버킷리스트

병원을 나선 뒤에는 오래오래 걸었다. 하늘의 밝기도 사람들의 움직임도 병원에 들어가기 전과 크게 다르지 않았다. 세상 참 웃기다. 해인은 생각했다. 나는 꽤 대단한 소식을 듣고 나왔는데 세상은 조금도 달라지지 않고 그대로 있다는 게. 시간은 단 일 초도 서두르거나 게으름 피우는 일 없이 흐르는데, 나만 아주 잠깐 동안 시간과 시간 사이의 아주 미세한 틈새 사이에 빠져서 오랫동안 허우적거리다 나온 듯한 느낌을 받고 있다는 게.

병원 안과 바깥 사이의 시차를 극복이라도 하는 것처럼 오래오래 걸었다. 물론 가고 싶은 곳, 가야 할 곳은 없었다. 슬픔에 휩싸였다거나 절망의 한가운데에 빠져버렸다거나 해서도 아니었다. 오히려 반대에 가까웠다. 뭐라도 생각해야 하는데. 뭐라도 느껴야 하는데 아무 생각도 감정도 느껴지지 않았다. 그래서 걸은 거였다. 이 출처도 정체도 모를 감정이 무엇인지 알고 싶어서. 조금이라도 일찍 그 정체를 알아내야 내가 뭐라도 할 것 같아서. 울거나 미친 척하거나 주변에 알리거나 또는 누구에게도 알리지 않고 아무도 없는 곳으로 떠나버리거나 결정을 내릴 수 있을 것 같아서였다.

어떡할까. 밥이나 먹을까. 생각나는 음식은 딱히 없지만 그래야만 할 것 같아. 해인은 가장 먼저 눈에 들어온 식당에 들어가 가장 먼저 눈에 보이는 음식을 시켰다. 시킨 음식이 제대로 나왔는지 확인할 겨를도 없이 아무렇게나 음식을 몸속에 욱여넣었다. 그리고는 곧바로 집으로 들어가 다짜고짜 잠부터 잤다. 우현에게는 급한 약속이 생겼으니 밥은 다음에 함께 먹자고 말해두었다.피곤해서가 아니었다. 그건 어차피 깨어 있어봤자 어떤 생각도 제대로 할 수 없으니, 쓸데없이 켜져 있는 불을 꺼버리는 느낌으로 의식의 전원을 꺼버리는 행위에 가까웠다.

꽤 오래 잤나 보다. 창밖이 어두워져 있었다. 저녁 여덟 시 삼십 분. 대부분의 사람이 하루를 끝마쳤을 시각. 하지만 어떤 사람은 여전히 일하고 있을지도. 드물게는 이제 막 하루를 시작하고 있을지도 모를 시각. 그렇게 완벽하게 밤이 찾아온 것은 아닌 애매한 시각이었다.

남은 오늘은 뭘 해야 할까. 집에 있기는 싫었다. 그러나 약속은 없었다. 다시 우현을 불러 만날까 했지만 그러기도 힘들었다. 그는 며칠 전부터 새로 시작된 프로젝트로 눈코 뜰 새가 없었다. 과장 조금 보태서 거의 며칠째 회사에서만 먹고 자기를 반복하는 모양이었다. 만날 사람도 없으니 나가서 걷기라도 해야 할까. 조금이라도 더 소란스러운 곳으로 가면, 이 이름을 붙일 수 없는 감정으로부터 자유로워질 수 있을까.

거리에는 낮보다도 사람이 많았다. 삼삼오오 모여 떠드는 사람들. 어딘가로 분주히 오가는 사람들. 술에 취해 허우적대는 사람들. 어디에서 뭘 산 건지 쇼핑백을 두어 개씩 들고 다니는 사람들까지. 공원을 가로지르니 사람들의 옷차림이 달라졌다. 달리기를 하는 사람들. 산책하는 사람들. 강아지와 함께, 가족과 함께 벤치에 앉아 시간을 보내는 사람들. 자전거를 타는 사람들.

해인은 그들을 보며 새삼스럽게 놀랐다. 저 당연한 것들이 어쩌면 자신에겐 더는 당연하지 못한 것이 될 수도 있겠다는 생각에. 먹고 마시고 걷고 뛰고 웃고 떠드는 일상이 내게는 곧 허락되지 않을지도 모른다는 생각 때문이었다.

몸에 생길 수 있는 수많은 종양 중에서도 가장 악질인 녀석이라고 했다.

오 년 넘게 살아 있을 확률, 완치할 확률도 두 자릿수가 채 되지 않는다고 했다. 그러니까 이를테면, 머릿속에 자신과 같은 종양을 달고 있는 사람이 열 명이라면, 한 명이 살아남을까 말까 한 병이라는 거지. 오래된 드라마의 촌스러운 전개처럼 나는 곧 죽게 되는 걸까. 얼마나 아프게 될 것이며 또 얼마나 아름답지 않은 모습을 지니게 되는 걸까. 비슷한 나이대로 보이는 여자가 폐를 터뜨리기라도 할 것처럼 고통스러운 숨소리를 내며 옆을 스치며 뛰어갔다. 평소였으면, 뭘 저렇게까지 힘들게 뛰어다녀, 생각하며 혀를 찼겠지만, 그게 이제 와서 부러워지기 시작한다는 게 우스웠다.

얼마나 더 허적허적 걸었던 걸까. 상가 일 층의 스테인레스 새시에 비친 얼굴에 파란기가 돌고 있었다. 뒤늦게 시간을 보니 이제는 그 누구에게도 밤이라고 불릴 만한 시각이 되어 있었다.

해인은 다시 집으로 돌아가, 낮에 그랬던 것처럼 침대

에 몸을 던져 까무룩 다시 잠에 들었다. 잠에 들기 직전엔, 지금 눈을 감는 것이 잠으로 향하는 것인지 죽음으로 향하는 것인지가 두려워지기도 했지만, 이미 눈을 퍼뜩 뜨기엔 늦었을 때였다. 눈꺼풀이 감기는 것을 막을 방법이 없었다.

아침이 밝은 뒤, 해인은 한결 냉철해져 있었다. 무엇부터 해야 할까. 물론 일부터 정리해야겠지. 전화로 말해야 할까, 아니면 직접 찾아가서 말해야 할까. 잠깐 고민했지만, 그래도 경우라는 게 있지 않겠느냐는 생각에 분주하게 마지막 출근 준비를 했다. 자신을 도구로 생각할 때도 물론 있었지만, 그래서 서럽고 서운할 때도 많았지만, 노래하며 살기를 꿈꾸었던 그녀에게 꽤 오랫동안 그러한 삶을 선물해준 고마운 곳이긴 했으니까.

소식을 전했을 때 해인은 자신의 덤덤함에, 그리고 그녀의 소식을 들은 사람들이 오히려 그녀보다도 더 커다란 감정의 동요를 느끼는 데에 놀랐다. 제가 이러이러한 병에 걸렸는데요. 어쩌면 오래 못 살지도 모르는 병이라는데요. 그래서 일을 더 하기는 어려울 것 같은데요. 그렇게 정리되지 않은 말들을 뱉는 동안, 해인의 표정에는 그 어떤 두려움이나 슬픔도 묻어나오지 않았고, 오히려 그 말을 듣는 사람들의 얼굴에 놀라움이 스쳤다가, 당혹스러움이 깃들었다가, 끝끝내는 눈물이 고이기 시작하는 거였다. 그녀가 신입일 때부터 그녀를 살뜰히 챙겨주었던 인사팀 성배가 결국엔 엉엉 대성통곡을 하며 그녀를 껴안을 때쯤에는, 부끄러움과 당황스러움이 섞여 헛웃음까지 나올 지경이었다.

"그래도 오늘 일까지는 하고 갈게요. 회사 일정에 차질은 안 갔으면 좋겠는데."
"아니야 해인 씨, 우리 회사 그렇게 안 작아. 알잖아. 해인 씨가 잘하긴 하지만, 대신해줄 사람 구하면 금방 구할 수 있을 거야. 괜히 더 아프게 되면 어떡해. 우리가 어떻게든 잘 처리해볼 테니까 오늘은 빨리 들어가봐. 들어가서 얼른 쉬어. 무슨 일 있으면 꼭 연락 주고요."

아직 그렇게까지 크게 아파본 적은 없는데. 당장 내일 죽는다는 것도 아닌데 그렇게 과한 대접을 받으니 어디라도 빨리 아파야 하는 걸까 하는 생각이 스쳤다. 멋쩍은 웃음을 지으며 사람들과 눈을 마주칠 때마다 몇 번이고 고개를 숙인 뒤에야 회사에서 나올 수 있었다. 그래도 미운 정 고운 정 다 든 곳이었는데 하루아침에 그곳에서의 생활을 정리하고 나오려니 이상한 씁쓸함이 덮쳐오기 시작해서 자신도 모르게 한숨이 푹푹 나왔다.

가만있어봐. 회사에는 알렸고. 또 이걸 누구한테 알려야 하나. 가족. 가족한테는……. 조금은 어렵겠지만 알리는 게 맞을 거고. 우현이. 우현이는 어떡하지?

물론 알리는 게 맞았다. 가족에 가깝도록, 어쩌면 일상 한정으로는 가족보다도 가깝게 지내는 사람은 우현이 유일했으니까. 그러면 언제 어떻게 말해야 할까. 머릿속에 상황을 그려보기 시작했다. 아무래도 오랫동안 함께 있을 수 있는 주말에 말해야 할까. 저번처럼 바깥에서 한잔하면서 말해야 하는 걸까? 아니야. 또 어떤 날 선 말들을 주고받을지 몰라. 아니면 집에 있을 때 영화라도 같이 보다가 별일 아니라는 듯 툭 던져볼까? 아닌가? 아무래도 그러기엔 조금은 큰일 아닌가?

그려지지 않았다. 당분간은 말할 자신이 없었다. 아니, 말하고 싶지 않았다. 해인은 여전히 우현을 많이 사랑하고 있었으며, 그와의 나날이 조금은 당연하고 뻔해졌을지라도 조금이라도 더 그 소중한 일상을 자신의 것으로 가져가고 싶었다. 주말이면 당연하다는 듯이 서로의 집을 드나드는 것도, 배달 음식을 시켜 먹는 것도, 내키는 날엔 서로를 위한 요리를 해주는 것도, 조금은 많이 무뎌졌지만, 서로에게 포개져서 체온과 심장박동을 나누는 것도 그녀가 가장 사랑해 마지않는 일이었다. 그렇게 소중한 일상을 하루아침에 손에서 놓아버릴 수는 없는 일이었다.

그건 해인에게 질병이 주는 최초의 절망이었다. 모든 걸 공유했던 사람, 힘든 일이 있을 때마다 가장 먼저 찾았던 사람에게 이번에만큼은 그러한 사건을 공유할 수 없다는 것. 그 사실을 오히려 숨겨야만 한다는 것. 오늘부터 일을 하지 않게 됐지만, 앞으로도 얼마간을 일하는 척 아프지 않은 척을 해야겠구나. 건강한 척 활발한 척을 해야겠구나. 어느 방향으로부터 막막한 감정이 훅 끼쳐왔고 해인은 돌연 편하게 숨을 쉬기가 어려워졌다.

마침 전화기가 울었다. 우현이었다. 오늘도 친구와 술을 마신다는 메시지였다.

전혀 밉게 다가오는 글자들이 아니었는데, 이상하게 오늘은 그게 조금 미웠다.

자주 함께 창밖을 내려다보았던 2층 카페로 향했다. 혼자일 때도 종종 커피를 포장하러 가는 곳이었다. 커피 한

잔을 주문하곤 카운터 앞에 서서 기다렸다. 이제는 친구만큼이나 가까워진 카페 주인이 이런저런 농담을 건네왔다. 해인과 우현은 그의 농담을 좋아했으며 늘 그 농담에 웃곤 했지만, 오늘만큼은 웃는 일도 커피를 맛있게 마시는 일도 마음처럼 되지 않았다.

* * *

'나 이번 주말에는 본가에 좀 가볼까 싶어. 안 간 지 너무 오래되기도 했고, 가족들도 보고 싶고.'

한가로운 평일 오후, 해인은 점심시간을 노려 우현에게 메시지를 보냈다. 사실 일을 그만두었으니 아침부터 한가했으며 저녁 내내 한가할 예정이었지만, 우현에게는 아직 열심히 일하는 여자친구였으니 그게 자연스럽게 다가갈 것 같아서 그랬다. 우현도 밥을 먹고 있는 모양이었는지, 금방 그렇게 하라며 답장을 보내왔다. '나 보고 싶다고 울고 그러면 안 돼.'라고, 귀여운 이모티콘과 함께 답장을 보내고는 창밖을 바라보았다. 어디에서 누구와 점심을 먹고 있을지, 무엇을 먹고 있을지 알 수는 없었지만, 물어볼 기분도 아니었지만, 누구와 무엇을 먹고 있든 그 우물거리는 입 모양은 참 귀엽겠지, 생각했다. 그리곤 피식 웃었다. 난리가 난 와중에도 우현은 속절없이 보고 싶었으며 또 사랑스러웠다.

한 시간 거리의 본가에 가기로 결심한 것은 마음이 도무지 괜찮아지지 않아서였다. 우현에게는 감춘다고 하더라도 가족에게는 감출 일이 아니라는 생각에 밤낮으로 마음이 괴로웠다. 물론 그들은 자신이 아픈 것보다도 놀라고 슬퍼하겠지만, 그리하여 단 한 번도 울지 않은 나조차 처음으로 울게 될지 모르지만, 그건 반드시 한 번은 겪어야 하는 일이었으며 겪어야만 한다면 조금이라도 일찍 겪는 게 낫겠다고 생각했다.

토요일 아침, 눈이 뜨이는 대로 편한 옷을 꺼내 입고 전철에 몸을 실었다. 노선의 끝자락에 있는 그녀의 본가에는 그녀의 부모와 남동생 셋이 지내고 있었다. 사람이 있든 없든, 그게 몇 시이든 여름이든 겨울이든 '이곳은 사람이 사는 곳이다'라는 냄새를 물씬 풍기는 곳이라는 것을 그녀는 그곳을 떠나고 나서야 깨달았다. 제법 오랜만에 그곳에 가고 있다고 생각하니 속도 없이 설레기도 했다.

"누나?"
"해인이야? 네가 여기 갑자기 웬일이야?"

해인이 문을 열고 들어서자, 그녀의 가족들은 어리둥절한 눈으로 현관 앞으로 와서 그녀를 맞았다. 제각각의 헝클어진 머리가, 편한 옷이, 주말의 아침임을 강하게 주장하고 있었다. 늦은 아침을 먹은 지 얼마 지나지 않았는지, 맛있는 음식 냄새가 콧속으로 들어왔다.

"그냥, 내가 내 집 좀 말없이 오면 안 되나?"

한껏 웃으며 아무렇게나 옷과 가방을 던져두고는 주방으로 향했다. 나도 밥 줘. 반찬도 아직 다 안 치웠네. 어리둥절함도 잠시, 그녀의 어머니는 반가운 표정으로 얼른 밥과 국을 수북하게 그녀의 앞에 내놓았다. 얼마만의 집밥일까, 그녀는 맛있게 첫 수저를 떴다. 맛있었다.

"근데 진짜 무슨 일로 온 거야?"

어느새 그녀의 아버지와 어머니, 남동생이 그녀가 앉은 식탁을 둘러싸듯 서서 그녀를 내려다보고 있었다.

"밥 좀……. 밥 좀 먹고 이야기할게. 체할 것 같아."

그래라 그럼, 그렇게 말하곤, 가족들은 일제히 거실로 가서 텔레비전을 보기 시작했다. 오순도순 앉아 있는 그들을 보며 밥을 먹었다. 밥과 함께 어떤 마음도 함께 꼭꼭 씹어서 넘겼다. 이제 곧 말하는 거야. 잘 말해야 해. 잘 말할 수 있어.

수북했던 밥을 다 해치우고는, 드립 서버를 들어 그 안에 있는 커피를 작은 잔에 옮겨 담았다. 아침에 내려뒀는지 차갑게 식어 있었다.

커피를 홀짝대며 가족들이 모여 있는 거실로 가, 그들과 섞이기 위해 소파에 살며시 앉았다. 그들은 여전히 텔레비전 화면에 집중하고 있었다. 바다가 펼쳐지고 있었다. 코미디언과 가수 등의 연예인들이 여행을 떠나는 예능 프로그램의 재방송이었다.

“나 있잖아.”

한마디에, 가족들은 시선을 텔레비전에 고정한 채로, 응, 이라고 짧게 답했다. 그녀가 말을 이어갔다.

“내가 좀 아프대. 아니, 많이 아픈 병에 걸렸대.”

그제야 세 사람이 그녀를 향해 고개를 돌렸다. 아무 말도 하지 않는다. 그러다 그녀의 남동생이 짜증 난다는 듯한 표정으로 말을 꺼냈다.

"너 그 거짓말하는 버릇 아직도 못 고쳤냐. 우현이 형이 대단하다, 대단해. 너 같은 애를 아직도 만나주고."

누나한테 너가 뭐냐, 그녀의 아버지가 말했다. 그리곤 그녀에게 말했다. 그래서 뭐, 이번엔 또 어디가 아프신데.

"머리 쪽에 종양이 있다는데요, 걔가 나쁜 종양이래. 완치될 확률이나 오래 살아남을 확률이 되게 적다는데."

짜증과 웃음이 섞인 남동생의 표정이 점점 굳어지기 시작했다. 해인이 자기도 모르는 사이에 눈물을 흘리면서 말하고 있었기 때문이다. 그건 장난이라고 하기엔 너무 짓궂었으며 연기라고 하기엔 너무 진짜 같았으니까.

"너 진짜야? 그 말 하려고 여기 오늘 여기 온 거야?"

그녀의 어머니가 무언가를 애원하는 것처럼 들리는 말

투로 그녀에게 물었고, 그녀는 작게 고개를 끄덕였다. 텔레비전으로부터 쩝쩝거리는 소리가 들려왔다. 출연자들이 바다를 보면서 식사를 하는 모양이었다.

"의사가 뭐라는데. 이제부터 어떻게 해야 한다는데."

아버지가 감정을 꾹꾹 억누른 목소리로 그녀에게 물었다. 다시 쩝쩝거리는 소리. 동생이 조용히 텔레비전 전원을 껐다.

해인은 그녀의 가족들에게 며칠 전 의사로부터 들은 말을 있는 그대로 전했다. 발음하기도 어려운 그 병은, 병의 이름만큼이나 치료도 회복도 완치도 힘든 병이었다. 남동생은 이후로도 세 번이 넘게 거짓말하는 게 아니냐며 물었고 그녀는 그때마다 슬프지만 그렇다고 답했다. 그녀의 어머니는 어쩌면 좋냐며 화를 내다가 눈물을 흘리다가 한숨을 내쉬었고, 아버지는 그녀의 얼굴을 제대로 보지 않은 채로 연신 고개만 끄덕였다. 눈이 조금 빨개진 것 같기도 했다. 이대로 있으면 몸 안쪽에서 뭐가 터져 나올 것 같아, 그녀는 머릿속에 있는 말들을 한마디씩 뱉기 시작했다.

"살고 싶어."

"이런 소식 전해서 미안해. 근데 나도 진짜 살고 싶어. 엄마랑 아빠랑 너랑도 더 오래 살고 싶고 더 오래 보고 싶고 더 사랑하고 싶어. 근데 안 된다잖아."

몇 글자는 그 울음에 잡아먹혀 제대로 들리지 않았지만, 그곳에 있는 사람들은 그 의미를 누구보다도 그 어느 때보다도 정확히 듣고 있었다. 그곳에 있는 모두가 울고 있었다. 가만히 듣고 있던 아버지가 입을 열었다.

"아빠랑 엄마가 미안하다."

"둘이 뭐가 미안한데."

"그냥, 조금 더 건강하게 낳아줄 수도 있었을 것 같은데."

그게 무슨 말이야. 그녀가 다시 울음에 잡아먹힌 목소리로 말했다. 동생은, 말도 안 되는 소리야, 짧게 뱉고는 씩씩대며 방으로 걸어 들어가 문을 닫았다.

* * *

우현으로부터 전화가 걸려 온 것은, 해인과 그녀의 가족이 얼마간을 더 끅끅대며 울고 있을 때였다. 해인은 얼른 목소리를 가다듬고 밝은 목소리로 전화를 받았다. 응, 나 잘 왔지. 말한다는 게 까먹었네. 밥도 두 공기나 먹었지. 우현의 차분한 목소리가 수화기 건너편으로부터 들려왔다.

"다들 잘 계시고? 얼굴 못 비춘 지 오래됐는데 나도 오랜만에 뵈러 가려고. 조금 전에 전철 탔어. 얼른 갈게. 뭐 차리시지 말라고 말씀드리고."

큰일이다. 해인은 생각했다. 분위기가 망가질 대로 망가져 있는데 지금 이 상황에 여기를 오겠다니. 무엇보다도 우현에게만큼은 아직 이 이야기를 할 수 없었다. 해인이 다시 부모님을 불러 모았다. 방에 틀어박혀 훌쩍대는 동생도 잠깐 거실로 나오라고 말했다.

"속상할 텐데 미안. 근데 부탁 하나가 있어요."

우현에게는 아직 병의 정체를 알리지 않았다는 말. 언젠가 말하긴 할 텐데 아직은 그러고 싶지 않다는 말. 그러니까 당신들이 오늘 나를 조금 도와달라는 말을 했다. 요컨대 평소처럼 그를 대해주고 더는 울지도 한숨 쉬지도 말아 달라고. 일종의 연기를 해주면 좋겠다고.

그녀의 황당한 요구에 가족들은 처음에는 헛웃음을 터뜨렸지만, 그녀의 표정과 말투가 사뭇 진지했기에, 내키지도 않고 자신도 없지만 그러겠다고 답했다.

우현은 정말 얼마 지나지 않아 그녀의 집에 도착했다. 부모님 두 분과 악수를 나누고 그녀의 남동생과는 눈을 마주치자마자 장난스럽게 살짝 뱃살을 꼬집었다. 남동생이 실실 웃으며 우현의 팔뚝을 툭툭 쳤다.

해인의 가족은 가족이 없이 자라다시피 한 우현을 또 다른 아들처럼 여겨주었다. 명절마다 집으로 불러 이런저런 것들을 함께했으며, 집으로 돌려보낼 때는 늘 음식들을 무겁게 손에 들리곤 했다.

우현 역시 그러한 해인의 가족이 언제나 반갑고도 고마웠다. 마음 둘 곳 하나 없었던 그에게 그들은 행복과 편안함을 체험이라도 해줄 수 있게 해주는 존재들이었다. 그래서 대학교 졸업식 사진에서도 첫 출근 등의 크고 작은 기념일 사진에서도 그들의 얼굴을 심심찮게 찾아볼 수 있었다. 몇몇 사람들은 그러한 관계를 이해하지 못했으나 남들은 이해하지 못할 끈끈함과 따뜻함 같은 것이 그들 사이에는 분명하게 자리 잡고 있었다.

이런저런 농담이 오가자 어느덧 저녁 시간이었다. 평소였으면 셋이 앉던 식탁에 다섯이 앉으니 의자가 부족했다. 뒤쪽 베란다에서 간이 의자 두 개를 가져와 촘촘하게 앉았다. 차린 게 없어서 민망하다고 그녀의 어머니는 말했지만, 식탁의 바닥이 안 보일 정도로 많은 음식이 차려져 있었다. 우현이 밥을 먹는 동안 가족들은 식탁에 함께 둘러앉아 주었다.

하지만 마음만은 어쩔 수 없었던 걸까. 불과 몇 시간 전에 해인의 소식을 접한 가족들의 표정은 시시때때로 굳어졌다. 코를 훌쩍였다가 눈시울을 붉혔다가 하였다.

“감기 걸리셨어요?”

우현이 해인의 어머니에게 물었고 해인은 눈으로 다급하게 무언가를 말했다. 이내 그녀의 어머니가 실실 웃으며 대답했다.

“어젯밤에 춥게 잤더니 감기에 호로록 걸려버렸어.”
“조심 좀 하시지.”

우현이 혀를 차고는 계속 밥을 먹었고, 해인은 다시 조금은 안도한 표정을 지을 수 있었다. 그곳에서 편히 밥을 먹는 사람은 아마도 우현뿐일 거라는 생각이 스쳤다.

"어떻게 할래? 자고 갈래? 아니면 가봐야 하나?"

그녀의 부모가 우현에게 물었고, 우현이 고민하는 사이 해인이 얼른 대답을 가로챘다.

"잠은 집에 가서 잘게. 요즘 내 방 아니면 잠을 자꾸 설쳐서. 우현이도 내일은 좀 자기 집에서 쉬면 좋을 거고."

꼭 그런 것만도 아니라고 말하는 우현을 얼른 부추기고는 도망치듯 집에서 나왔다. 우현이 하루쯤은 자고 가도 괜찮다고 꿍얼댔지만, 해인은 내일 부모님이 아침부터 등산을 가느라 정신없을 거라며 거짓말했다. 이럴 때는 그럴듯하게 거짓말하는 게 꽤 쓸만하다는 생각을 하면서.

전철을 타고 돌아오면서는 꾸벅꾸벅 졸았다. 머리를 자신의 어깨에 옮겨 기대게 하는 우현의 손길을 느끼며 작게 미소 지었다.

그래, 이거면 돼.
이렇게만 지내면 돼.

마음속으로 작게 속삭였다.

분주하지만 그 분주함도 일정한 패턴으로 반복되는, 그래서 묘한 안정감이 느껴지는 날들이 이어졌다.

우현은 여전히 비슷한 일들을 하고 매일 보던 사람들과 함께했다. 얼마 전부터 조금은 신경 쓰이게 하는 사람인 경원과 종종 점심을 함께 먹었고 그러는 동안 오묘한 분위기의 대화가 오가기도 했으며 주말에는 늘 그랬듯 해인과 함께했다.

물론 완벽에 가까울 정도로 일정한 패턴은 아니었다. 모든 일이 다 그렇듯 일할 때마다 변수는 생겼으며 사람들은 한 명씩 두 명씩 왔다가 또 갔다. 경원은 종종 예상에서 한참 벗어난 말과 행동으로 당혹감을 주었고 해인의 습관적인 거짓말은 여전히 간파해 내지 못하고 속수무책으로 자신을 덜컥 놀라게 하기도 했다.

정체를 알 수 없는 찝찝함도 있었다. 어디선가 무슨 일이 일어나고 있는데 그걸 자기만 모르고 있는 것 같은 기분. 이를테면 뉴스를 볼 때도 그랬고 물건을 살 때도 그랬다. 극히 제한되어 관련인들만 아는 국가적인 사건과 거래가 오가고 있을 거라는 생각, 분명 더 좋은 물건과 더 싼 물건이 있을 텐데, 그건 자신과 같은 소비자들에게 허락된 정보는 아니기에 눈 뜨고 당할 수밖에는 없는 거라는 생각. 경원이 지어 보이는 표정의 속뜻. 어딘지 모르게 달라진 해인의 표정. 그녀의 집에 갔을 때 봤던 전에는 없던 물건들. 옷과 주방기기, 영양제와 음료수 페트병의 디자인까지. 하지만 그건 말 그대로 찝찝함일 뿐이라 뒤로 넘겨둘 수 있었다. 자신의 일상을 방해할 만큼 대단한 것들은 아니었으니까.

광고를 의뢰한 업체 담당자와 미팅이 있는 날이었다. 광고회사 직원으로서가 아니라 순전히 사람으로서 눈여겨보고 있던 사회적 기업이 광고를 요청해 온 터라 함께 일을 시작하기 전부터 막연한 호감이 있었다. 더군다나 취향도 성격도 비슷해 보이는 사람이었기에 우현은 그와 종종 미팅을 마칠 때마다 같이 식사를 함께하곤 했다.

오늘도 마침 미팅하고 난 시간이 점심시간이었기에, 둘

은 사무실 주변의 식당에서 점심식사를 함께했다. 일본식 덮밥을 파는 가게였다. 우현은 돈가스가 올라간 덮밥을, 광고주는 스테이크가 올라간 덮밥을 먹었다. 둘은 각자의 밥을 먹으며, 일과 생활의 중간 지점쯤에 걸쳐 있는 소재들에 관해 이야기했다. 그 회사가 그렇게 착한 일들을 많이 베푸는 이유에 관해. 그렇게 선행을 베푸는데도 수익을 만들어낼 수 있는지에 관해. 광고에 관해. 취미 생활에 관해. 만나는 사람에 관해…….

그러다 돌연, 광고주가 시계를 보고 남은 밥을 조금은 다급하게 먹기 시작했다. 우현은 눈치를 보며 그에게 슬쩍 물었다. 무슨 급한 일이라도 생기셨나요? 그는 밥을 거의 마시다시피 들이켜고는, 죄송해요, 제가 잠깐 어머니에게 들려서 건네줄 게 있는데 그걸 잊고 있었어요. 천천히 드셔도 돼요. 라고 대답했다. 그리곤 분주하게 작은 쇼핑백에 가방에 있는 물건들을 옮겨 담기 시작했다. 마스크에서 시작해서 핫팩, 말린 간식 같은 것들까지.

"살뜰하게 챙기시네요. 어머님께서 좋아하시겠어요."

우현은 자신의 음식을 우물거리며 그렇게 말했다. 남자는 멋쩍은 듯 웃으며, 사실 거동이 조금 불편하셔서요, 라고 대답했다. 남자의 손에서 흰색 원통 하나가 미끄러져 바닥으로 떨어졌다. 요란한 소리가 주변으로 울려 퍼졌다. 영양제가 담겨 있을 법한 원통이었다.

"그리고 이건 진통제고요. 제가 갖고 있다가 조금씩 가져다드려요. 오늘 드려야 하는 것 중에 이게 가장 중요해요. 없으면 생활이 조금 힘드셔서."

그렇군요, 우현은 그렇게 말하며 그 통을 바라보았다.

회색과 파란색의 로고가 새겨져 있었고 그 위로는 제대로 발음하기도 어려울 정도로 낯설고도 많은 글자가 적혀 있었다. 그 생김새는 우현이 처음 보는 생김새가 아니었다. 가장 친숙한 어디선가, 그러니까 해인의 집에서 분명히 똑같이 생긴 병을 본 적이 있었다.

"영양제가 아니라 진통제인 거예요?"
"네, 발작이나 극심한 두통에 시달리시는 환자분들이 처방받는 진통제에요. 약국에서 그냥 살 수는 없어요. 왜요, 지금 어디 불편하세요?"
"아니요, 그냥. 처음 보는 약이어서. 늦으셨으면 먼저 가보셔도 됩니다. 저는 혼자서 천천히 먹어도 되니까요."

남자는 우현이 그 말만 해주기를 기다렸다는 듯 얼른 마저 짐을 싸고는 부리나케 식당을 나섰다. 우현은 혼자 남아 아무 표정도 없이 반도 넘게 남은 덮밥을 먹기 시작했다.

해인은 영양제를 선물 받았다고 했다. 평소에 잘 챙겨 먹지 않던 영양제를 꼬박꼬박 챙겨 먹길래 이상하다 싶었지만. 사실 그게 영양제가 아니라 발작이나 극심한 두통을 막아주는 강한 진통제였을까? 그게 의미하는 건 뭘까. 해인이가 혹시 어디가 아프기도 한 걸까.

그건 말이 안 되는 이야기였다. 벌써 몇 년째였다. 우현과 해인은 아주 작은 것부터 커다란 것까지 가리지 않고 모든 소식을 나누는 사이였다. 농담을 반쯤 섞어서 어깨 쪽에 새로 생긴 뾰루지에 관해서도 서로 이야기하는 관계인데, 발작을 수반할 정도로 커다란 병에 걸렸으면서 그걸 자신에게 알리지 않았을 리가 없다고 생각했다.

하긴, 아픈 걸 떠나서 나조차도 요즘 숨기는 게 생기지 않았던가.

일순 경원의 얼굴이 떠올랐다. 해인은 경원의 존재를 알지 못했다. 그녀와 어느 저녁에 우연히 마주쳐 그녀를 돕게 되었던 것도. 그날 밤에 둘이서 술잔을 나눴던 것도. 종종 단둘이 점심을 먹고 있는 것도. 미묘한 분위기가 흐르고 있다는 것도.

나도 어쩌다 보니 그녀를 속이고 있는데 그녀라고 내게 모든 걸 다 말하고 있을까. 생각하다 보니 심란해졌다. 가슴이 답답해진 건가 싶기도 했다. 우현은 그릇을 내려두었다.

'오늘 몇 시에 퇴근해? 오랜만에 집으로 치킨 사 갈까?'

해인에게 메시지를 보냈지만, 녹음 중인지 답장은 오지 않았다. 점심시간이 끝나가고 있었다. 우현은 얼른 억지로 그릇을 비우곤 다시 사무실이 있는 방향으로 빠르게 걷기 시작했다.

오늘은 퇴근이 좀 늦을 것 같다는 말, 오늘 말고 내일 저녁이라면 너무 좋겠다는 답장이 온 건 저녁 여섯 시가 다 되어서였다. 녹음할 게 많은 날인가 싶어 알겠다고 내일 찾아가겠다고 답하곤 퇴근을 서둘렀다.

다음 날, 우현은 퇴근하자마자 그와 해인이 자주 찾는 집에서 치킨을 포장해서 그녀의 집으로 향했다. 비밀번호를 누르고 문을 여니 해인이 식탁을 정리하고 있었다.

“일찍 왔네? 조금만 기다려, 안 그래도 그릇 같은 거 준비하고 있었어. 내가 맥주도 사다 놨지.”

해인이 헤헤 웃어 보이며 그를 향해 손을 흔들었다. 그리곤 다시 물었다.

“그런데 어제부터 치킨이 그렇게 먹고 싶었어? 요즘 우리 치킨은 잘 안 먹었는데.”
“그냥, 생각나더라고.”

우현은 대충 대답하며 집 곳곳을 살펴봤다. 그가 아는 집이었다. 그다지 달라진 건 없는 것 같았다. 그리고 그 물건. 문제의 흰 약통이 눈에 들어왔다. 곧바로 의자에서 일어나서 그쪽으로 걸어가 약통을 집어 들었다. 해인이 무언가를 재잘재잘 떠들다가, 그 모습을 보고는 일순간 말을 삼켰다.

"이거 뭐야?"

"아, 그거 저번에도 말했잖아. 선물 받은 영양제."

"어디에 좋은 영양제인데? 누가 선물해 줬다고 했지?"

"그냥 여기저기 좋고, 내 친구가……."

"영양제 아닌 거 같은데? 너 이거 왜 먹어? 너 어디 아파?"

"사실 요즘 빈혈도 조금 있는 거 같고 그래서 처방받았어."

"해인아 나 오늘 거짓말 놀이할 기분 아닌데. 나 이거 무슨 약인지 알아보고 왔어."

해인이 미세하게 떨고 있었다. 우현은 약통을 내려두고, 해인이 있는 쪽으로 천천히 걸어가 해인의 어깨에 손을 올렸다.

"괜찮으니까 말해봐. 화 안 낼게."

그러니 해인이 살짝 미소 지으며 말했다.

"안 들키고 싶었는데. 조금 천천히 말하려고 했는데. 이번 거짓말은 대실패네."

해인과 우현은 그 자리에 선 채로 오래 이야기를 나눴다. 바로 앞에 테이블과 의자를 두고도 앉을 생각도 하지 않고서 대화했다. 병의 이름과 정체에 관해. 지금 어떤 상태인지에 관해. 또 얼마나 그녀의 미래가 절망적인지에 관해 이야기했다. 해인은 아마 괜찮을지도 모른다고 말했다. 주변에서 치료된 케이스의 이야기를 들어보니, 자기와 닮은 부분이 많은 사람인 것 같다고 말했다. 우현은 그렇느냐고 대답했다. 요즘 세상이 참 많이 좋아졌으니 잘만 치료받으면 좋아질 수도 있겠다고 맞장구쳤다. 얼마나 시간이 지난 건지. 치킨이 다 식어버린 건지. 진동하던 기름 냄새가 잦아든 뒤였다.

"치킨 다 식었겠다. 시간 날 때 데워서 먹으면 되겠네."
"응. 오늘은 시간도 늦었고 해서 맥주 마시면 내일 힘들겠어. 가봐야겠어."
"그래. 가봐 자기야. 진짜 괜찮으니까 남은 이야기는 주말에 하자."

우현과 해인은 짧게 인사를 나눴다. 우현이 짧게 해인을 안고는 등을 토닥였다. 그리곤 현관으로 걸어가 아무렇게나 널브러져 있던 구두를 주워 신었다. 짧은 눈인사. 우현이 문밖으로 나서고 문은 닫힌다.

이내 문 안쪽에서 흐느끼는 소리가 들려왔다. 우현 역시 문 앞을 떠나지 않고 그 소리를 들었다. 그리곤 마찬가지로 소리 없이 울기 시작했다.

오래 못 살 수도 있는 병에 걸렸으면 너무 많이 무서웠을 텐데. 소식을 듣자마자 어쩌면 내 얼굴부터 생각났을 텐데. 그걸 숨겨야만 하는 마음은 어떤 마음이었을까. 나와 함께하고 싶은 마음, 나와 하루라도 더 행복하고 싶은 마음이 얼마나 컸으면 그런 일을 겪고도 거짓말을 했던 걸까. 나는 왜 여기에 서 있는 걸까. 왜 더 오래오래 그녀를 안아주지 못했을까.

밤이 깊어갔다. 집으로 향하는 길이 어느 때보다 멀고 버거웠다.

* * *

다음 날, 우현은 출근하자마자 경원부터 찾았다. 경원의 자리로 가서 경원의 어깨를 두드렸다.

"선배님, 안녕하세요. 무슨 일이세요? 뭐 도와드려요?"

"아니, 다른 건 아니고. 오늘 퇴근하면 뭐 해요?"
"별건 없어요."

아주 짧은 순간, 경원의 눈동자가 예쁘게 반짝였다. 우현은 입을 열었다. 다른 사람들의 시선 같은 건 눈에 들어오지 않았다.

"그럼 둘이서 술 한잔해요. 할 말도 있고."

경원은, 아주 잠깐 시선을 내리깔며 샐쭉한 표정을 짓고는, 좋아요, 수줍게 대답했다. 우현은 고개를 끄덕이곤 다시 성큼성큼 걸어 자신의 자리로 향했다. 뒤통수 쪽에서 저들끼리 상기된 목소리로 떠드는 것이 메아리처럼 들려왔다.

퇴근 후 회사 앞에서 멍하니 서 있다가, 느껴진 인기척에 돌아보니 경원이 서 있었다. 평소보다도 활기찬 표정이었다. 화장을 고친 걸까, 아니면 단순히 기분이 좋아서 그게 드러나는 걸까. 가만히 봐도 참 해인의 오래전 모습과 닮은 모습이라고 생각했다.

"어디서 마셔요? 갑자기 무슨 술이에요?"

"그냥."

"그냥이구나. 그럼 퇴근도 했는데 오빠라고 불러도 돼요?"

우현이 말없이 고개를 돌려 그녀를 내려다보곤, 오빠는 무슨 오빠야, 대답했다. 경원은 아주 잠깐 주눅 든 표정을 지었지만, 이내 다시 완벽하게 펼쳐진 표정으로 그를 뒤따랐다.

닭꼬치 몇 종이 가운데에 놓인 테이블에 마주 앉아, 소주와 맥주, 각자의 잔을 홀짝거렸다. 우현은 테이블만 내려다보고 있었으나, 미간 윗부분의 설명할 수 없는 감각으로 그녀가 자신을 뚫어져라 쳐다보고 있는 것을 느낄 수 있었다. 단둘이 술을 마시자고 말했던 부분부터 분명히 뭔가를 단단하게 착각하고 있는 모양이었다. 물론, 그렇게 다짜고짜 말을 건 이쪽의 책임도 있었겠지만…….

아무튼, 이제는 솔직해질 시간이었다.

"내가 만나는 사람이 있어요. 꽤 오래됐어요. 삼 년 넘게."

"네?"

"그런데 알다시피, 요즘 우리가 조금 묘했어요. 분위기가."

"묘하긴 했죠."

"내가 뭐 하고 있는 건가 싶더라고. 순간."

"왜 그런 생각을 했어요? 난 너무 좋았는데."

"내가 만나는 사람이 좀 많이 아픈가 봐요. 그걸 얼마 전에 알았어. 그래서 나는 늦었더라도 그 사람을 챙겨야 할 것 같아요. 되게 별로죠. 미안해요."

"그렇구나? 그래요 그럼. 이제 점심 먹자고 말 안 하면 되는 거죠? 저도 아무리 마음에 든다고 해도 남의 꺼 뺏는 사람은 아니라서요."

"미안해요."

"사과할 정도로 우리가 깊진 않았잖아요? 그리고 저는 오히려 이렇게 정직하게 말하는 사람이라서 더 좋아요. 만나는 사람만 없었어봐. 더 갖고 싶다고 생각했겠지."

아무튼, 말해줘서 고마워요. 대신 이건 선배가 사주세요. 그 정도는 해줘야 내가 좀 덜 비참하겠어. 경원은 그렇게 호호 웃으며 말하곤, 먼저 테이블을 떠났다.

"고마워요."

우현은 이미 아무도 앉아 있지 않은 건너편 자리를 향해 말했다. 그건 진심에서 우러나온 고마움이었다. 어쩌면 참 별로라고 느껴졌을 텐데. 배신감도 들고 실망감도 들었을 텐데. 더는 추궁하거나 아쉬운 소리를 하는 일이 없이 깔끔하게 자신의 말을 알아들어준 경원이 진심으로 고마웠다.

그리고 곧바로 고개를 내민 감정은 분노였다. 짧게나마 해인이 아닌 누군가에게 이끌렸던 게, 그리고 그 이끌림의 이유가 오래전의 해인의 모습 때문이었다는 게, 정작 그런 해인은 자신도 모르는 사이에 아파하고 있었고 두려워하고 있었다는 게 너무나도 비참하고 화가 났다. 화가 치밀어올라, 내가 내가 아닌 다른 사람이라도 되었다면 죽을 때까지 두들겨 패고 싶은 마음이었다.

잔에 소주를 따르곤 곧바로 들이켰다. 다시 따르곤 다시 들이켰다. 그리곤 해인에게 메시지를 보냈다. 회사 사람들과 아주 간단하게 회식을 했다고, 이제 곧 집에 들어간다고, 오늘은 좀 어땠냐고, 불편한 곳은 없냐고. 그리곤 생각했다. 다짐에 가까운 생각이었다. 이게 마지막 거짓말이라고. 그래야만 한다고.

마음 단단히 먹어. 이제부터 시작이야.

늦었더라도 내가 해야 하는 일, 우리가 겪어야 하는 시간들이야.

조금 전까지만 해도 뚜렷하게 보이던 모든 것들, 한 입도 먹지 않은 안주가, 건너편 소파의 패턴 같은 것들이 점점 뿌예지기 시작했다.

* * *

거의 일 년 만이었다. 양훈에게 전화를 건 것은.

양훈은 우현의 오랜 대학 동기로, 우현과 해인의 시작부터 지금까지를 누구보다 잘 아는 사람 중 한 명이었다. 각자 하는 일이 바빠져서 좀처럼 연락을 주고받지 못했는데, 갑자기 그 얼굴이 생각나서 무턱대고 전화를 걸었던 것이다.

"뭐야, 갑자기? 잘 사냐?"
"그냥, 술 먹다가 네 생각 나서 전화했다."
"누구랑? 해인이랑?"
"혼자."

"왜 혼자 술을 마셔? 싸웠어?"
"아니야. 심심하면 와라. 보고 싶다."

양훈은 수화기 건너편에서 몇 초 동안 생각하는 듯하더니, 이내 알겠다며, 어디로 가면 되겠냐며 말해왔다. 우현은 회사 주변 이자카야에 혼자 있다고 말했다. 택시로 삼십 분 조금 덜 걸리겠네, 대신 술은 네가 사라, 양훈은 그렇게 말하며 전화를 끊었다.

우현이 한숨을 내쉬었다. 나와 해인이, 우리 두 사람의 이야기를 아는 사람이 한 명이라도 있다면, 그리고 그 사람에게 지금의 상황을 말할 수만 있다면, 뭐라도 나아질 것 같았다. 그래서 양훈에게 전화를 걸었는지도 몰랐다.

여섯 잔 정도를 더 마셨을 때쯤 양훈이 가게 문을 열고 들어와 그의 앞에 앉았다.

"이 새끼 많이 마셨네? 벌써 취했냐?"
"그런 것 같다."

왜 그러는데? 해인이가 아프대. 많이 아프대. 근데 나는 그것도 모르고 헛짓거리나 하고 있었다. 양훈아. 나 어떡하냐. 시간이 얼마 안 남았을지도 모른대. 그런데 해인이는 아직도 너무 예쁘고 너무 착하고 나는 이만큼이나 쓰레기처럼 사는데. 그래도 내가 정말 사랑했는데. 사랑하는데…….

정신을 차렸을 때 양훈은 그의 옆에 앉아 그의 등을 토닥여주고 있었다. 말하다 말고 잠깐 잠에 든 모양이었다.

"정신이 드냐."

"아, 취했나 보네. 미안하다."

"뭘. 많이 힘들 텐데. 그래서 어떤데. 어떻게 하면 좀 나아지는데."

"모르겠어."

"하긴. 모르겠지."

"근데 그냥."

"어."

"옛날에 내가 막 신나서 너한테 말했잖아, 좋아하는 사람 생긴 거 같다고. 노래 진짜 잘한다고."

"그랬지."

"그때처럼 빛이 날 정도로 예쁘게 노래하는 모습을 한 번만 더 보고 싶어. 하나도 아파하지 않고, 예쁘고 행복하게 노래하는 모습."

"예쁘긴 했어."

"근데 이제 그건 무리겠지,"

양훈은 퉁퉁 불어 있는 우현의 눈가를 흘겨보며, 무리는 무슨 무리야. 걔가 노래를 얼마나 잘 부르는데. 너 까먹었냐. 걔는 자다가도 노래하던 애야. 라며 툴툴대듯 말했다. 그리곤 많이 취했다며, 그를 부축하며 일으켜 세우곤 값을 치르고 가게 밖으로 나가 택시를 잡기 시작했다. 고맙다는 말과 미안하다는 말이 우현의 입에서 신음처럼 계속 터져 나왔다. 도대체 누구에게 하는 말인지가 헷갈리는 말이었다.

* * *

양훈으로부터 전화가 걸려 온 것은, 일 년 만, 아니, 이 년 만, 아니, 어쩌면 거의 처음이었다. 해인은 발신자 '임양훈'이라는 이름을 보고 몇 번이고 고개를 갸우뚱했다. 물론 셋이 같은 학교를 나왔고 우현과는 절친했던 사이였다지만, 그녀에게 개인적으로 전화를 걸어온 적은 없었기 때문이고, 무엇보다도 시간이 열 시를 넘긴 밤이었기 때문이었다.

"여보세요? 양훈이야? 웬일이야?"
"우현이가 술을 좀 마셨어."
"뭐? 얼마나? 다쳤어, 그래서?"
"아니, 다친 건 아니야. 무사해. 조금 전에 내가 집에 데려다줘서 잘 자는 것도 보고 나왔어."
"그랬어? 고생했네 양훈이가. 잘 지냈지?"
"나야 잘 지냈지. 넌?"
"나도 뭐, 너무 잘 지내지."
"아닌 것 같던데?"

너 많이 아프다고 들었는데, 양훈은 조용히 말했다. 해인은 아무 말도 하지 않았다. 양훈이 말을 이어갔다.

"너한테 잘 못했던 게, 더 챙겨주지 못한 게 많이 속상한가 봐. 그리고 많이 힘든가 봐. 너 아픈 게. 그래서 너 노래하는 모습 보고 싶다고. 옛날처럼 행복하게 노래하는 모습이 보고 싶다고 몇 번을 말하더라고."
"그랬구나."
"응, 왠지 그건 말해줘야 할 것 같아서."
"고맙네. 우현이 친구들 중엔 역시 네가 제일 착했던 것 같아."
"말로만? 니네는 진짜 조만간 나한테 크게 뭐를 해줘야 할 거 같지 않냐?"

해인과 양훈은 서로 작게 웃고는 전화를 끊었다. 해인은 전화기를 내려두곤 작게 한숨 쉬었다. 하긴, 어떻게 안 힘들 수가 있겠어. 그래도 함께한 시간이 얼만데.

생각해보면, 오래전 그때 노래하는 그녀의 모습을 보던 우현의 눈빛은 그 어떤 호화로운 것을 보는 사람보다도 더 따뜻하고 달콤했다. 나의 어디가 그렇게 좋냐고 물으면 그는 다 좋다고, 다 예쁘다고 말하다가도, 노래하는 모습도 예쁘고, 라는 말을 꼭 덧붙이곤 했었다.

그때 불렀던 노래가 뭐뭐 있었더라. 오래된 플레이리스트를 열어보았다. 먼지 쌓인 듯 추억의 냄새가 나는 노래들이 거기에 있었다.

이런 느낌으로 불렀던가. 흥얼거려보니 목소리가 제대로 나오지 않았다. 밤이라 목이 잠겨서 그런가. 그새 컨디션이 더 안 좋아진 건가. 이유는 알 수 없었다.

시간은 야속하게 흘러갔다.

날이 갈수록 해인의 몸은 허약해져 갔고, 넘길 수 있는 음식의 양은 줄어들었다. 변기를 부여잡고 속을 게워 내는 횟수가 늘어났고, 아주 잠깐을 걸어도 피로감이 몰려와 앉거나 누워서 쉬어야 했다. 평소였으면 쉽게 구분하고 이름을 기억해 냈던 것들도, 점진적으로 기억해 낼 수 없게 되거나 기억해 내는 데에 시간이 필요하게 됐다. 그리고 그건 아무리 병원에서 신경 써서 관리하고 그녀가 열심히 약을 챙겨 먹는다고 해서 간단하게 나아지는 것들이 아니었다.

머리 쪽으로 손을 올려 약하게 주먹을 쥐었다가 펴기만 해도 머리칼이 후드득 빠지기 시작했을 무렵, 해인은 결국 입원을 결정했다. 입원하는 날에는 그녀의 가족과 우현이 함께했다.

다 같이 모여 있으니까 옛날 생각나고 너무 좋네, 작은 목소리로 말했지만, 누구도 그 말에 쉽게 맞장구를 치거나 웃지 못했다. 왜 그래, 내가 지금 그렇게 약해 보여? 나 완전 별로야? 물으니, 그제야 우현이 살짝 웃으며 고개를 가로저었다.

“예뻐. 아주 괜찮아 보여.”
“다른 건 다 돼도 거짓말만은 하지 말랬지.”

"거짓말이 아니니까 말하지. 너 진짜 예뻐."

해인이 그제야 짧게나마 자연스러운 웃음을 지었다.

우현은 해인이 입원한 뒤로 시간이 날 때마다 그녀가 있는 병원을 드나들었다. 시간만 허락된다면 퇴근한 후에도 곧바로 병원으로 달려갔으며 주말에는 무조건 그녀의 옆에서 시간을 보냈다. 병원 사람들은 그녀를 향한 우현의 사랑이 지극하다며 그를 칭찬했다.

하지만 정작 그는 그런 말들 앞에서 쉽게 웃을 수 없었다. 후회만 가득했다. 바쁘다는 이유, 익숙해졌다는 이유, 권태로워졌다는 이유로 그녀에게 무심했던 건 다른 누구도 아닌 우현이었다. 그녀가 메말라가는 지금에 와서야 그녀의 옆을 지킨다 한들, 그건 그다지 칭찬받을 만한 일도 아름다운 일도 아닌 것 같았다.

반쯤 세워진 침대에 기댄 해인과 그 옆에 쪼그려 앉은 우현. 둘은 함께 있을 때마다 손을 맞잡고 여러 이야기를 했다. 서로에 관한 이야기. 두 사람의 이야기. 좋았을 때의 이야기. 좋지 않았을 때의 솔직한 이야기까지. 그땐 솔직히 나도 속상했어. 그땐 나도 많이 지쳤던 것 같아. 그때 우리 참 좋았지. 그 식당은 언젠가 한 번쯤은 다시 가 보자고 약속했었지. 지금은 어때? 하고 싶은 일은 있어? 먹고 싶은 건? 가보고 싶은 곳은……. 모든 것이 이야기의 소재가 되었지만, 말의 끝끝마다 슬픔이 묻어나는 것은 어쩔 수 없었다.

이야기를 나누다 말고 해인이 눈물을 흘리기 시작했다.

"왜 또 울어. 재밌게 수다 떨다가."

우현이 말했고, 해인은 아이가 칭얼대듯 대답했다.

"이제 다 소용없는 거잖아. 하고 싶은 게 있어도 못 하고, 가고 싶은 데가 있어도 못 가고. 내가 여기서 이러고 있는데 뭘 어떻게 더 해."

우현은 가만히 그 이야기를 들어주다가, 해인의 부쩍 얇아진 머리를 조심스레 매만지며 말했다.

"왜? 왜 못 해. 내가 대신 해줄게. 가고 싶은 곳 있으면 내가 가서 사진이랑 영상도 찍어서 보내줄게. 뭐 먹고 싶은데? 뭐 하고 싶은데? 말만 해."

해인은 그 말을 듣고는, 또 아주 잠깐 눈을 반짝이고는, 정말이냐며 물었다. 우현이 고개를 끄덕였다.

다음 날, 병원을 찾은 우현에게 해인은 작은 쪽지 하나를 내밀었다. 거기엔 귀여운 글자들이 빼곡히 적혀 있었다.

–조조부터 심야까지 하루 종일 영화 보기
–서해 놀러 가서 새우 구워 먹기
–등산하고 내려오는 길에 막걸리 마시기
–예쁘게 입고 네 컷 사진 찍기
–한복 입고 경복궁 돌아다니기
–한 번 더 교복 입고 놀이공원 가기
…….

"나랑 하고 싶었던 것들 적어놓은 거야?"
"응. 해줄래?"
"빨리 말하지 그랬어. 당연히 다 해줄 수 있지."

우현이 활짝 웃으며 말했다. 그러니 해인도 그를 따라 웃었다.

순서대로 따를 수는 없었지만, 우현은 당장 다음 날부터 할 수 있는 것들을 해서 해인에게 자랑하기 시작했다.

예쁘게 차려입은 날을 골라 퇴근길에 네 컷 사진을 찍었다. 요상하게 생긴 모자와 선글라스를 혼자 골라 쓰는 그를 보며 학생들이 수군거렸지만 상관하지 않고 여러 포즈들로 사진을 찍었다.

두 시간을 넘게 달려 서해 끝에 다다른 뒤에는 물 한 방울도 더 안 들어갈 때까지 배부르게 새우를 구워 먹었다.

주말을 통째로 비워두곤 조조영화부터 심야영화까지 영화만 봤다. 영화를 보면서는 이 영화는 어떤 내용이었으며, 같이 봤다면 이런 이야기를 했을 것이라며 빼곡하게 메모를 했다.

'호수공원에 가서 오리배 타기'를 할 때는 자꾸만 헛웃음이 나왔다. 근사한 식당에 가서 비싼 한 끼를 먹는 것도 아니고 좋은 호텔에 가서 하루 묵는 것도 아니고, 그 많고 많은 버킷 리스트 중 왜 이런 걸 콕 짚어서 적어놓았는지를 알 수가 없어서 웃었다.

오리배는 페달을 밟아야만 앞으로 나간다는 걸 우현도 처음 알았다. 처음에는 호기롭게 혼자 열심히 페달을 밟았지만, 나중에는 점점 힘이 빠져서 천천히, 그리고 느리게 움직였다. 호수 한가운데에 도착하니 넘실넘실대는 물결 소리가 귀에 들려왔다. 우현은 가만히 그곳에 멈춰 주변을 바라보았다. 그리고 핸드폰을 꺼내 들곤 주변을 영상으로 담았다. 직접 보는 것만큼 예쁘고 평화롭게 촬영되는 건지는 알 수 없었다. 하지만 조금이라도 그 순간이 해인에게 가서 닿았으면 좋겠다고 생각했다.

"해인아 지금 여기 바람이 딱 기분 좋게 불어."

그리고 나는 우리가 넘어다보기만 했던 호수 한가운데에 있어. 그때 우리 호수가 참 예쁘다고 했었잖아. 우현이 허리를 돌려가며 호수를 쭉 훑었다. 그러다 오리배의 천장이 카메라 앵글에 들어오기 시작했다. 그곳에는 그 배를 탄 수없이 많은 연인들의 이름이 적혀 있었다. 민재라는 이름과 경미라는 이름 사이에 까맣게 칠한 하트가 그려져 있었고 그 옆에도 강산이라는 이름과 혜림이라는 이름, 그리고 하얀 하트가 그려져 있었다. 그때 그 순간에 둘이 함께 있었다는 걸 그렇게라도 기록해두고 싶었던 모양이었다.

문득 해인의 얼굴이 떠올랐다. 지금 자신의 옆이 비어 있지 않았다면, 해인이 이 자리에 앉아 있었다면, 어떤 표정과 말투로 이 낙서들을 바라봤을까. 아마 우리도 사랑하는 사이라며, 우리도 뭐라도 남겨야 한다고 말하며 날뛰었겠지. 우현은 그런 상상 속의 해인이 귀여워 한 번 더 웃었다. 그리곤 검지손가락으로 천장의 비어 있는 면을 찾아, 우현과 해인의 이름을 투명하고 반듯하게 적었다. 그리고 그 가운데에 보이지 않는 하트도 예쁘게 그려넣었다. 나중에 영상을 본 해인이 환하게 웃을 모습을 생각하니 얼굴이 뜨거워지는 것 같았다.

그날 밤에는 내친김에 '포장마차에서 술 마시기'도 함께 수행했다. 사람들이 바글대는 포장마차보단 도란도란 이야기를 나눌 수 있을 정도로 한산한 곳이 좋을 것 같아 제법 오래 그런 곳을 찾아서 걸어 다녔다. 적당한 곳을 찾아 들어간 뒤에는 해인이 좋아하는 우동 한 그릇과 생선구이 하나를 주문했다. 소주잔에 술을 따르기 전에는 건너편 자리에 소형 삼각대를 세워두곤 거기에 자신의 핸드폰을 고정시켰다. 해인이 조금이라도 더 함께 술을 마시는 느낌을 받았으면 좋겠다는 마음에 그리 한 것이었다. 손님이 얼마 없는 포장마차긴 했지만, 그곳에 있는 사람들이 자신을 신기하게 바라보는 것이 알게 모르게 느껴졌다. 우현은 아랑곳하지 않고 혼자 술을 마시기 시작했다. 프로 방송인 비스름한 사람이 된 것 같다는 생각마저 들었다.

처음에는 말없이 마셨다. 아무 말도 하지 않고 술만 마시니 평소보다 조금 더 빠르게 취하는 것 같았다. 술기운 덕분인지 어느새 자기 앞으로 삼각대를 세워둔 것도 혼자 술을 마시는 것도 하나도 부끄럽지 않게 되었다. 당연하게까지 여겨졌다.

"심심한데 옛날얘기나 해볼까?"

우현은 그렇게 슬쩍 운을 띄우고는 두 사람의 오래전에 관해서 이야기하기 시작했다. 맨 처음 얼굴을 마주하기 시작했을 때부터 손을 잡고 걷는 게 당연해졌던 나날까지를 이야기했다. 두 사람 사이에 맴돌던 설렘이 가장 진했을 때를 생각할 때는 그때와 같은 떨림이 가슴에서 미세하게 다시 느껴져 얼굴이 빨개지는 것을 느꼈다.

"그땐 그랬다. 그렇지? 시간도 참 많이 흘렀고."

그리곤 아무 말도 하지 못했다.이렇게 될 줄 알았으면. 이렇게 아프게 될 줄 알았으면 더 힘껏 사랑할 걸 그랬다. 그 말을 하고 싶은데 그러면 곧바로 눈물이 날 것 같아서. 해인이에게는 영상으로라도 우는 모습을 보여주기 싫어서 어쩔 수 없었다. 그저 천천히 눈을 감고 작게 미소 지었다. 그리고 잔에 따라둔 술을 천천히 들이켰다. 밤이 깊어져 가면서 날이 쌀쌀해지는 모양이었다. 우현은 건너편에 세워둔 핸드폰 카메라 렌즈를 향해 손을 흔들며 인사했다.

"안녕, 내일 또 보자 해인아."

다시 한 번 교복을 입고 놀이공원을 가기로 한 날엔 미리 회사에 휴가를 내놓았었다. 누가 봐도 성인으로 보이는 사람이, 그것도 혼자 교복을 빌리러 온 것을 보고는 사람들은 의아한 표정을 지었다. 하지만 우현은 괘념치 않고 홀연히 이곳저곳을 다니며 놀이공원을 기록했다. 한 시간을 기다려 놀이기구를 탔고, 동물원에 가서는 그녀가 좋아한다고 했었던 동물의 사진을 여러 각도에서 촬영했다. 무서운 놀이기구를 타면서는 그녀에게 영상통화를 걸고는, 부끄러움을 잊은 사람처럼 소리를 질러대기도 했다.

"저기요."

마찬가지로 교복을 입은 어느 연인에게 우현이 처음 말을 걸었을 때, 그 연인은 처음에는 그를 경계하는 눈치였다. 우현은 멋쩍은 웃음을 터뜨렸다. 혼자 교복을 입고 있는 사람이 핸드폰을 든 채로 접근하는 것이 사람에 따라서는 수상하게 다가오기도 하겠구나, 뒤늦게 생각했다.

"다른 건 아니고요. 제가 저기 회전목마 앞에 서 있는 모습 좀 찍어주실 수 있나 해서요."

교복을 입은 여자가 의아해하며 물었다.

"혼자요? 혼자 오신 건데 찍어달라고요?"
"네. 자랑할 사람이 좀 있어서……."

여자가 미심쩍다는 듯한 표정으로 고개를 끄덕이자마자, 그녀에게 핸드폰을 맡기고 우현은 회전목마 앞을 향해 뛰어가기 시작했다. 그리곤 그녀가 들고 있는 카메라를 향해 웃어 보였다.

"찍을게요. 하나, 둘, 셋."

"감사합니다."

"잠깐만요."

"네?"

"표정이 조금 아쉬워서요. 조금 더 활짝 웃을 수 있어요?"

"아이고, 그렇구나. 고맙습니다. 한 번만 더 웃어볼게요."

우현이 한숨을 내쉬곤 다시 회전목마 앞에 섰다. 세상에서 가장 행복한 사람처럼 웃어보자는 생각으로 입꼬리를 올렸다.

두 눈에서 무언가가 후드득 떨어지기 시작했다.

입은 웃는데 눈은 도무지 그럴 수 없는 모양이었다.

사람들이 수군거리는 소리가 들렸다.

우현은 얼마간을 웃으며 계속 그곳에 서 있을 수밖에 없었다.

잘 나와야 하는데, 잘 나와야 하는데, 그 말만 속으로 되뇔 수밖에는 없었다.

4장
둘만의 세계

우현은 부지런히 해인의 버킷리스트를 수행하러 다녔다.

원래였다면 무슨 그런 유치한 걸 하냐며 손사래부터 쳤을 일에도, 둘이 아닌 혼자서 한다면 사람들이 이상하게 볼 만한 일에도 기꺼이 뛰어들었다. 한강 어귀에서 불꽃놀이 축제를 할 때는 그 수많은 인파를 혼자 뚫고 들어가, 불꽃이 가장 잘 보이는 곳에서 허공에 그려지는 그림들을 구경했다. 펑펑 소리가 들릴 때마다 누구보다 커다란 목소리로 우와 소리를 냈고 크게 손뼉을 쳤다. 가장 예쁜 불꽃은 해인에게 보여주고 싶다는 생각에 까치발을 들고 열심히 찍어보기도 하였다.

삼겹살, 닭갈비, 회와 조개구이를 파는 가게처럼 웬만한 사람들은 혼자 가기 힘들어하는 식당에 당당하게 들어가 음식을 주문하고, 사진을 찍고, 마찬가지로 누구보다 복스럽고 맛있게 그것들을 먹기도 했다. 너와 나 둘만의 미슐랭을 만들고 싶다는 해인의 부탁이었기에 그 맛을 아주 자세히 적은 뒤에 해인에게 알려주었고 해인은 그런 우현의 말을 듣고는 미간을 찡그릴 정도로 신중하게 그 식당의 점수를 매겼다.

사진으로 그리고 영상으로 해인에게 산 위에서의 일출을 보여주기 위해 새벽 일찍부터 일어나 부랴부랴 짐을 싸고 산을 오르면서는, 지금껏 한 번도 해보지 못한 일이 아직도 많이 남아 있다는 생각에 진심으로 설레기도 그녀에게 새삼스레 고마워지기도 했다.

정상에 다다랐을 때는 아직 세상이 파란빛으로 물들어 있었지만 이내 하늘과 땅을 가로로 길게 나눈 선 위로 얇고 빛나는 금색 실이 떠오르고, 그 한가운데로 태양이 손톱처럼 조그맣게, 그 후론 달걀처럼 예쁘게 떠오르기 시작했다. 해가 떠오르기 시작하면서부터 곧바로 세상의 온도가 달라지는 것이 느껴졌다.

우현은 자연의 그 거대하면서도 은은한 힘 앞에서 자기도 모르게 경건해져 조용히 눈을 감았다. 그러고는 온 마음을 다해 한 사람의 건강과 행복과 안녕을 바랐다. 그 마음이 너무도 간절해서였는지 눈에서 눈물 한 방울이 세로로 예쁜 선을 그리며 흐르기도 했다.

해가 느리게 떠오르는 영상과 그 태양을 배경으로 자신의 웃는 얼굴을 사진으로 찍어 해인에게 보냈다. 해인은 자고 있지도 않았는지 곧바로 그걸 확인하곤 예쁘다, 세 글자를 답장으로 보내왔다. 우현은 안 자고 있었어? 물었고 해인은 무슨 소리야 오늘 우리 해돋이 등산하는 날이잖아, 몸으로는 못 가도 마음으로는 함께하고 있었지 답해왔다. 우현이 작게 웃었다. 그러고는 조금 더 크게 소리내어 웃었다. 산에 사는 것으로 보이는 고양이가 기지개를 켜고는 웃는 우현을 오래오래 바라보았다.

목걸이를 만들러 가기로 한 날이었다. '공방에 가서 서로를 위한 선물 만들어주기'를 수행하러 가는 날이었다. 주말의 액세서리 공방은 자리 경쟁이 치열했기에 며칠 전부터 자리를 예약해 둬야 했다. 커플이나 가족 단위가 아니라 정말로 남자분 혼자 오시는 것이 맞냐며 묻는 공방 주인에게 재차 혼자가 맞다고 답했지만 우현은 전혀 그를 부끄러워하지도 슬퍼하지도 않았다. 살면서 그리고 그토록 해인과 오랫동안 함께하면서 직접 만든 무언가를 선물해 준 적이 단 한 번도 없었는데, 조금은 늦었지만 이제라도 예쁜 목걸이를 만들어 선물해 줄 수 있다는 설렘만이 가득했기 때문이다.

"안녕하세요. 김우현 님? 주말이라 차가 막혔나 봐요. 조금 늦으셨네요. 이쪽 자리로 앉으시면 됩니다."

시간 계산을 잘못해 허겁지겁 도착한 공방에는 이미 대여섯 명 남짓한 사람들이 옹기종기 모여 조그만 금속 재료들을 만지작거리고 있었다. 저마다의 사연과 즐거움으로 공방 안에는 기분 좋은 웅성거림이 울려 퍼지고 있었다. 우현도 마련된 자리에 앉아 준비된 재료들을 둘러보았다. 그의 앞에는 함께 떠들 사람이 없었지만 그래서 아주 잠깐은 외로워지기도 했지만 완성된 목걸이를 받아 들고 환하게 웃을 해인을 생각하니 그 외로움은 금세 사라지고 없었다.

줄의 가짓수도 클립의 종류도 다양했다. 가운데에 꿰어 넣을 광석 역시 형형색색 다양했다. 색도 질감도 너무 많아 무엇을 골라야 할지를 몰라 하던 차에 옆을 지나던 공방 주인이 한마디를 건넸다. 아무래도 혼자 온 사람은 우현이 유일했으니 옆에서 조금이라도 챙겨줘야 한다는 책임감이 생긴 모양이었다.

"단순한 미신일지는 몰라도 각 광석마다 지니고 있는 의미가 다 달라요. 그러니까 지금 목걸이를 만드는 이유 같은 걸 생각해 보는 것도 좋을 것 같은데요? 예를 들면 친구분께 선물하는 목걸이라면 우정과 진실을 뜻하는 가넷을 꿰어 준다든지?"

그런 건 잘 모르겠네요. 그냥 보기에 예쁜 걸로 할게요. 우현은 웃으며 대답하곤 신중하게 광석을 고르기 시작했다. 주인은 그의 말을 듣고는 흐뭇한 미소를 지었다. 우현의 눈에 노란색과 초록색이 오묘하게 섞인 듯한 아주 조그만 광물이 눈에 들어왔다. 이건 이름이 뭔가요? 집게손가락으로 그것을 집어 주인에게 물으니 그녀는 그것을 유심히 바라보다가 멋쩍게 대답했다.

"이건 뭔지 잘 모르겠네요. 아마 이것저것 불순물이 혼합된 것 같기도 한데, 사실 이런 광물은 다른 광물들을 구해올 때 딸려 오는 것들이라 이거 빼고 다시 골라보셔야 할 것 같아요."

"아니요. 그냥 이걸로 하고 싶어요. 저는 이게 마음에 들어요."

"정말요? 그래도 큰 상관은 없지만요……."

"이름도 모르는 광물이니까 이름도 모르는 의미나 신비로운 힘 같은 게 숨어 있을 수도 있잖아요. 행운을 가져다준다든지. 건강을 약속해 준다든지."

멋있네요. 주인은 웃으며 고개를 끄덕였다.

우현은 그 어느 때보다도 그러니까 자신의 본업을 할 때보다도 더 심혈을 기울여 목걸이를 만들었다. 알이 작아 한눈에 들어오지도 화려하지도 않은 목걸이였지만 가만히 바라보면 은은하게 빛이 나는 목걸이였다. 기분 좋은 활발함과 매력이 있는 것이 해인과 똑 닮았다고 생각했다.

목걸이를 예쁘게 포장해서 병원으로 가는 길에는 차가 막혔다. 아무래도 주말이라 그런지 이곳저곳 나들이를 떠나는 사람이 많은 모양이었다. 어떻게 보여주면 해인이가 더 환하게 웃어줄까. 마음에는 들어 할까. 그냥 흔한 것들로 안전하게 만들 걸 그랬나. 고민하다 보니 어느새 병원 주변이었다. 연애 초반에 그랬듯, 설레는 마음으로 그녀가 있는 병동으로 뛰어 들어가 재빨리 엘리베이터를 탔다. 문이 열리고 분주하게 움직이고 있는 간호사들에게 인사를 건넸다. 그래도 한두 번 본 얼굴들이 아니게 됐으므로 은근한 유대감과 친밀감이 쌓여 있는 사람들이었다.

간호사들도 늘 우현에게 살갑고 다정한 남자 친구라며 칭찬을 아끼지 않았으니까.

그런데 오늘은 이상하리만치 그들의 표정이 경직되어 있었다. 심지어 어떤 사람은 우현의 눈을 피하기까지 하는 거였다.

무슨 일일까. 윗사람으로부터 한 소리 듣기라도 한 건가. 아니면 그냥 기분 탓일까. 생각하며 다시 발걸음을 재촉했다. 조금이라도 더 빨리 해인의 얼굴을 보고 그녀에게 선물을 건네고 그녀의 웃음을 보고 싶었다.

병실에서 해인은 침대에 기대 누워 창밖을 보고 있었다.

“나 왔어. 내가 오늘 뭘 만들었게?”

우현이 말하니 해인은 천천히 고개를 돌려 우현을 바라보았다. 그리곤 우현이 너무도 잘 아는 미소를 지어주었다.

그녀의 어딘가가 조금 달라졌다는 걸 알아채는 데에는 그리 많은 시간이 필요하지 않았다. 그 변화는 눈에 곧바로 들어오는 변화였기 때문이다.

해인이 이마 주변으로 붕대를 두르고 있었다. 오른쪽 관자놀이에는 거즈가 고정되어 있었는데, 피를 흘렸는지 거즈의 한가운데로 붉은 점이 작게 찍혀 있었다. 우현이 얼굴에서 웃음을 거두고 한달음에 해인의 앞으로 걸어와 그녀에게 물었다.

"이거 왜 이래? 무슨 일이야?"
"왜 이렇게 놀라. 별건 아니야."
"별게 아니면 이런 걸 왜 붙이고 있어? 뭔데? 말해봐."

해인은 잠깐 주저하는 듯하더니 천천히 입을 떼기 시작했다.

원래부터도 가벼운 빈혈 기운은 있었지만 화장실에 다녀오는 길에 전에는 경험해 본 적 없었던 수준의 강렬한 어지러움이 그녀를 덮쳤고, 그 길로 병실에서 쓰러져 버렸다는 것이었다. 머리는 그 과정에서 다른 환자의 침대 모서리에 찧어 그렇게 되었던 것이라고 했다. 우현은 그녀의 말을 들으며 그녀의 이마에서 눈을 떼지 못했다. 작게 점찍힌 붉은 핏자국이 그렇게 크게 다가올 수 없었다. 해인이 우현의 그런 시선을 느꼈는지 슬쩍 손을 들어 자신의 붕대를 어루만지며 말했다.

“어디가 크게 아파서 그런 건 아니고 어지러워서 그랬지. 앞으론 조금 더 조심하면 된대.”

병실의 분위기가 꽤 어수선했을 것이다. 소란스럽게 간호사들이 오가기도 했을 것이고, 그 모습을 지켜본 사람들은 적잖이 놀라기도 했겠지. 그제야 퍼즐이 맞춰지기 시작했다. 병원 사람들이 평소처럼 살갑게 자신을 맞아주지 못했던 모습 같은 것들이. 환자가 낮 동안 그런 일을 당했는데 그의 보호자가 웃으며 인사를 건네온다고 한들 기꺼이 그 인사를 받아주기 힘들었을 것이다. 본인들이 잘못한 것도 아니었을 텐데 어째선지 미안한 감정도 들었을지 모른다.

주머니에 숨겨두었던 목걸이 상자를 자신도 모르게 세게 부여잡았다. 그것도 모르고 행복에 겨워 실실대고 깡충깡충 뛰어 들어왔다니. 대상도 분명하지 않았지만 괜히 무언가가 야속하면서도 밉다는 생각을 했다. 목걸이는 밤이 늦을 때까지 그 감정을 겨우 삭이고 나서야 이런 걸 좀 만들어봤는데 한번 봐봐, 라는 밋밋한 말과 함께 건넬 수 있었다. 해인은 그를 보고는 환하게 웃으며 너무 마음에 든다고 말했다. 볼 때마다 웃음이 나와서 금방 건강해질 것만 같다면서.

그럴 수만 있다면 얼마나 좋겠어. 그럴 수만 있다면. 그러면 내가 매일 출퇴근이라도 하듯이 공방에 들러 널 위한 것들을 만들어 줄 텐데. 우현은 그런 생각을 하며 그녀의 목에 작고 얇은 목걸이를 걸어주었다. 부쩍 얇아진 그녀의 흰 목덜미에 썩 잘 어울리는 목걸이였다.

하지만 그 바람과 기대와는 다르게 해인의 상태는 갈수록 나빠져만 갔다. 한숨 한 번만 쉬어도 마른기침 한 번을 뱉기만 해도 그 모든 것이 우현에게는 심상치 않은 징조처럼 다가왔다. 지금은 일어나지 않고 있지만, 언젠가는 일어날지도 모를 일들. 사실은 일어나기가 쉬울 것 같은 일들이 머릿속에서 재생되면, 우현은 재빨리 고개를 가로저으며 아니라고 아닐 거라고 혼잣말했다.

가장 먼저 그녀를 괴롭힌 것은 상상을 초월하는 두통과 어지러움이었다. 의사의 말로는 뇌의 압력이 올라갔기 때문에 조이는 듯한 두통이 느껴지는 것이라고 했다. 그 두통이 엄습할 때마다, 해인은 어떤 말도 행동도 하지 못한 채로 머리를 부여잡고 눈을 질끈 감기만 했다. 아프면 아프다고 말해도 된다고, 울거나 소리 질러도 된다고 우현은 말했지만 해인은 그 와중에도 입만으로는 미소를 지으며 고개를 가로저었다.

나라면 진즉에 살려달라고 말하거나 죽여달라고 말했을지도 모르는데. 우현은 그렇게 생각하며, 해인이 자신이 알고 있던 것보다 훨씬 더 강하고 용감한 사람이라고 생각했다. 늘 나보다 약한 사람, 내가 지켜줘야 할 사람이라는 생각만 했었는데. 약하고 겁 많은 사람은 오히려 본인이었던 것이다.

언젠가 우현이 발견했던 그 진통제도 이제는 내성이 생겼는지 제대로 듣지 않는 모양이었다. 더 좋은 약이 없는지를 물으려 했지만 그에 따르는 안 좋은 대가가 무엇이든 한두 가지쯤은 있을 거라는 생각에 그만두었다.

다음으로 두 사람을 괴롭히기 시작한 문제는 소통의 문제였다. 원래였다면 우현보다 몇 배는 더 빠르고 분주하게 단어들을 쏟아냈던 해인이었지만 언제부턴가 아주 기본적인 단어도 떠올리지 못한다든가 말을 아주 느리게 겨우겨우 이어간다든가 하는 일이 점점 잦아지기 시작했다. 자다가 일어나서도 줄줄 읊을 수 있었던 두 사람의 추억과 기억들 역시 점점 흐려지는 것인지, 제대로 기억하지 못하는 때가 있었다.

어떤 동네 이름이 자꾸만 머릿속에 스치는데 실제로 있는지 없는지도 알 수 없는 낯선 동네인데 어째선지 자꾸만 생각난다고 해인이 말한 적이 있다.

"작년에 그 동네 한 번 같이 간 적이 있었어. 짬뽕은 되게 맛있었는데 아마 아이스크림은 별로였지,"

고개를 갸웃거리는 해인의 앞에서, 우현이 담백하게 말을 뱉었다. 해인은 그제야 '맞아, 그랬지.'라며 대답했다. 그리곤 조금은 의기소침한 표정을 짓는 것이었다. 그러면 우현은 오래됐으니까 당연히 그럴 수 있어, 잊어버릴 수도 있지, 라고 덧붙였다. 해인은 잡고 있던 우현의 손을 조금 더 꽉 움켜쥐었다. 그러면 우현은 그 손을 엄지로 만지작거렸다. 미안하고 고맙다는 말, 괜찮다는 말을 아무 소리도 없이 주고받는 모습이었다.

먹을 수 있는 음식의 가짓수도 줄어들고 조심해서 챙겨 먹는다고 할지언정 그마저 게워 내는 일이 생겼기에 안 그래도 마른 편이었던 해인은 점점 더 야위어가기 시작했다. 몇 주 전이나 며칠 전에는 그래도 케이크 같은 것을 사 오면 잘만 먹었던 것 같았는데. 이제는 그 좋아하는 단 음식도 좀처럼 입에 대지 못했다.

해인이라는 사람 자체가 원래부터 보석처럼 빛나는 사람이었기에 그랬는지, 두 사람의 그런 모습이 너무도 애틋해 보여서 그랬는지, 병실과 병동의 많은 이가 그녀의 모습을 보며 안타까워했다. 선물로 받은 것이 조금이라도 그녀가 좋아할 만한 것 같다면 기꺼이 그녀에게 건네기도 했고 그녀가 곤히 잠들어 있을 때면 혹시라도 깰까 싶어 사뿐사뿐 걸었으며 늘 무뚝뚝한 표정으로만 일관하던 어느 보호자도 그녀와 눈을 맞출 때면 세상에서 가장 다정한 표정을 지을 줄 아는 사람이 되곤 했다.

연차가 그리 많이 쌓인 것 같지는 않은 어느 간호사는 종종 복도를 지나가다가도 병실 앞에 멈춰 두 사람의 모습을 얼마간 바라보다 가곤 했다. 그녀의 눈은 맑고도 투명해서 두 사람을 진심으로 측은하게 여기고 있음을 알 수 있었다.

한 번은 복도에서 그 간호사와 마주쳤을 때 우현이 그녀에게 작은 초콜릿을 건넨 적도 있었다.

"가끔 저희 두 사람을 오랫동안 봐주시죠?"

그러니 그 간호사가 화들짝 놀라며 과하다 싶을 정도로 고개를 숙이며 이렇게 말하는 것이 아닌가.

"죄송합니다. 제가 쳐다보는 게 실례가 될 수도 있다는 걸 아는데, 알면서도 자꾸만……."

우현은 손사래를 치며 다급하게 대답했다.

"아니에요. 그만 봐달라거나 그런 게 아니에요. 그런 게 아니라……. 그냥 고마워서요."
"네?"
"누가 크게 아파하고 힘들어한다고 해도 그걸 외면하거나 무시하는 사람이 얼마나 많은데요. 그런 와중에도 진심으로 저희에게 공감해 주고 따뜻한 눈빛을 보내 주시는 게 고마워서 고맙다고 말하고 싶어서 부른 거였어요."

간호사는 어안이 벙벙한 듯 놀란 표정을 짓다가 이내 눈시울을 붉히면서 짧게 고개를 숙였다.

"혼자 계실 때도 너무 밝고 예쁘게 지내시는 분이라서요. 그런데 또 두 분이 함께 계시면 몇 배는 더 행복해 보여서요. 그래서 안 아프셨으면 좋겠는데 가끔 컨디션이 좋지 않은 날에는 보는 제 마음이 좋지 않아서……."

그리곤 도망이라도 치는 사람처럼 급하게 저쪽으로 멀어지더니 이내 보이지 않게 되었다. 우현은 멀어지는 그녀를 향해 그녀가 돌아보건 안 돌아보건 상관하지 않고 마찬가지로 짧게 고개를 숙였다.

정말 그랬다. 해인이가 좀 아파. 일곱 글자의 메시지를 가깝다고 생각하는 사람들에게 보냈을 때 우현은 그들로부터 직접적인 도움을 받는 일까진 기대하지 않았더라도 마음에서 우러난 공감과 위로 정도는 받을 수 있을 줄로 알았었다.

하지만 돌아온 대답은 냉담하거나 건조했다. 심지어 아무 대답도 없는 사람마저 있었다. 정말이냐며, 어떡하냐며 한두 통 메시지를 보내오다가, 난처한 일이라도 생겼다는 듯이 다음에 연락하겠다고 대답했다. 자신의 일이 아니니 할 수 있는 위로, 요즘 세상 좋아져서 금방 나아지겠지 같은 말들 역시 빗발쳤다. 하긴 당신이라고 어떤 대답과 도움을 주겠냐는 생각을 애써 했지만, 그래도 서운하고 섭섭한 것은 어쩔 수 없었다.

물론 몇몇은 물심양면으로 도움을 주기도 했지만, 회사에서도 그의 사정을 봐주지 않는 사람은 있었다. 주변에 그런 일이 생긴 것이야 안타까운 일이지만 결혼한 사이도 아니며 네가 아픈 것도 아니니 이 정도의 야근쯤은 해야 하는 것 아니냐고 직접적으로 말하는 사람도 있었으며, 타들어가는 속도 모르고 같이 술을 마시자며 칭얼대는 사람도 있었다. 한때 우현과 미묘한 신호들을 주고받았던 경원은 며칠간은 다 티가 날 정도로 일부러 우현을 피해 다니다가 이내 다 괜찮아졌는지 다른 사람들을 대하듯 우현을 대하기 시작했다. 우현이 몇 번이고 감탄했던 미소, 오래전의 해인이 떠오를 정도로 환한 그 미소를 지으며 사람들에게 다가갔으며 어디에 가서 어떤 일을 하든 예쁨을 받았다.

늘 그래왔던 것처럼 세상은 그렇게 흘러간다. 당연한 흐름으로 원래의 표정들을 지어가며 그렇게 누군가에게는 다소 차갑고 냉정하게 굴기도 하면서. 우현은 그게 어쩔 수 없다는 것임을 잘 알면서도 어떤 날엔 유난히 더 서글프게 느껴져서 몰래 울기도 했었다.

해인은 힘들고 아프지만 묵묵히 치료 과정을 따랐다. 병의 특성상 가장 먼저 해야 하는 치료의 과정이 수술이었기에 묵묵히 수술을 준비하고 우현도 그녀의 가족도 함께할 수 없는 수술실로 홀로 들어가 수술을 받았다. 수술 후 출혈이 생길 수 있다는 말, 뇌부종에 의해 뇌탈출이 일어나면 곧바로 재수술을 할 수도 있다는 말을 들으면서 조용히 고개를 끄덕였다.

수술을 마치고 그녀를 기다리고 있는 것은 방사선치료와 항암화학요법의 연속이었다. 체력이 떨어질 대로 떨어진 시점에서 두 가지 치료를 병행해야 했으므로 무엇보다도 필요한 것은 몸과 마음의 체력이었다. 실제로 많은 환자가 이 단계에서 힘을 내지 못해서 삶의 끈을 놓쳐버리고 만다고 했다.

해인은 하루에도 몇 번을 고통에 시달리고 몇 번을 위액을 게워 내면서도 옆에 우현이 있을 때와 그의 얼굴을 볼 때만큼은 밝게 웃었다. 우현은 그런 해인의 미소가 고통스러운 와중에 억지스럽게 짓는 미소인지 아니면 정말로 고통 속에서 잠시나마 행복해서 짓는 미소인지를 알 방법이 없었으나 그것이 그녀가 짓고 싶어서 짓는 미소라는 것 정도는 알 수 있었기에 최대한 오랫동안 그리고 자주 옆에 있어 줄 수밖에는 없었다. 안 그래도 힘든 여정을 혼자 견뎌내기는 힘이 들 테니까. 그러다가 혹시라도 다른 사람들이 그랬던 것처럼, 삶의 끈을 놓쳐버릴지도 모를 일이었으니까.

유난히 기운이 나지 않거나 좀처럼 나아질 것 같지 않다는 불안한 예감만 엄습하는 날에는 우현은 해인의 주치의와 단둘이 면담하기도 했다. 그녀의 가족이 그보다는 다소 먼 곳에 살고 있었고, 각자의 일로 우현만큼이나 자주 그녀와 함께하지 못하다 보니 자연스레 보호자의 자격을 갖게 되어 나누게 된 면담이었다.

책상 너머에 앉아 있는 의사의 표정이 그다지 좋지 않아 우현은 지레 겁을 삼킨 사람처럼 의사에게 재촉하듯 물었다.

"치료는 잘되고 있는 건가요? 약은 잘 듣고요?"

의사는 모니터의 구석만 응시하다가 우현의 목소리를 듣고는 눈동자만 그가 앉은 방향으로 굴려 그의 말을 들었다. 그리곤 다시 긴 생각에 잠긴 듯하다가 우현이 다시 '선생님'이라고 작게 속삭여 말하려고 할 때가 되어서야 천천히 입을 열었다. 그렇게 어렵게 열린 입에서 나오는 목소리는 생각했던 것보다는 훨씬 건조하고 사무적인 목소리였다.

"약은 뭐, 쓸 수 있는 건 다 쓰고 있죠. 쓰고 있는데. 보호자님, 많이 들으셔서 아시겠지만요."
"네, 선생님."

다시 침묵. 말씀해 주세요 선생님. 우현이 이번에는 작게 속삭이듯 말했다.

"이 교모세포종이라는 암 자체가 그다지 예후가 좋지 않습니다. 완치 확률은 현저히 낮고 기대 생존 기간도1년 내외고요."
"그렇다고 하더라고요."
"할 수 있는 방법을 전부 동원하고 있기는 한데 환자분 체력이 워낙 떨어져 있는 상황이고 또 다른 환자들보다 더 늦게 종양을 발견해서 치료가 쉽지 않은 상황입니다. 뇌 장벽 안쪽까지 전이가 일어난 상황이라 치료약의 성분이 그쪽까지 온전히 닿지 못하고 있기도 하고요."
"상태가 많이 좋지 않다는 뜻으로 들리네요."
"조심스러운 마음이지만, 그렇습니다."
"시간이 얼마나 남았을까요?"

"환자분께 남은 시간이 어느 정도다, 정확히 말씀드릴 수는 없지만 어쩌면 두 달을 채 못 채울지도 모르겠습니다."

우현은 조금씩 머리가 차가워지는 것을 느꼈다. 어쩌면 해인이 앞으로 두 달을 못 살지도 모른다는데. 드라마 같은 곳에서 말로만 듣던 시한부 판정을 받은 건데 드라마에서 으레 그러는 것처럼 곧바로 뜨거운 눈물이 쏟아진다거나 하지 않았다. 그보단 두 달이라는 기간의 크기에 관해, 두 달 동안 할 수 있는 일의 양과 함께할 수 있는 순간의 길이에 관해서만 생각할 뿐이었다.

"그러면 아무리 열심히 치료를 해도, 또 아무리 병원에서 안정을 취한다고 해도 나아지지 못할 확률이 더 높은 거네요?"

"그렇죠. 그래서 보통 이런 단계에서는 퇴원하셔서 오랫동안 살아오신 집에서 시간을 보내거나 조금 더 한적하고 공기가 좋은 요양병원 같은 곳으로 옮기시는 경우도 많습니다."

그렇군요. 알겠습니다. 고개를 숙이고 진료실을 걸어나와 복도에 선 채로 머리를 감싸 쥐었다. 무엇부터 해야 할까. 이 사실을 누구에게 알려야 할 것이며 나는 앞으로 어떻게 하면 좋을까. 그녀를 위해 어떤 사람으로 있어야 하며 또 허락된 기간 동안 어떤 사람이 되어줄 수 있을까.

울기에도 시간이 넉넉하지 않았다. 가장 먼저는 해인의 어머니에게 전화를 걸어 이를 알려야 했다. 저장된 연락처를 열어 통화 버튼을 눌렀다. 신호음이 고작 두 번쯤 반복되었을 때 그녀의 어머니가 곧바로 전화를 받았다. 떨리는 목소리였다. 겁을 집어삼킨 것처럼 놀란 목소리였다.

"우현아, 왜. 무슨 일이야. 무슨 일 있어? 해인이한테?"

하긴 두 사람은 서로에게 살갑긴 살가웠지만 따로 자주 연락하는 관계도 시시콜콜한 일로 전화를 거는 사이도 아니었으니 그녀가 놀랄 법도 했다. 우현은 목을 가다듬고 한마디 한마디를 심혈을 기울여 발음하기 시작했다.

"아니요. 어머님. 당장 뭐가 급한 상황은 아닌데. 조금 전에 주치의 선생님이랑 상담을 했는데요."
"아이고, 감사합니다. 깜짝 놀랐다. 그래, 말해봐."

감사합니다, 다섯 글자가 수화기 건너편으로부터 들려오자마자 목으로부터 무거운 무언가를 긁어 올리기라도 하듯 숨이 턱 막히고 울음이 차오르기 시작했다. 우현은 가까스로 그 감각을 꾹꾹 누르면서 조금 전에 의사로부터 들은 소식을 최대한 아프지 않게 다가가게끔 말했다. 해인이에게 시간이 그리 많이 남지 않은 것 같다고. 어쩌면 두 달도 안 남았을지 모른다고. 그러므로 퇴원이나 요양병원으로의 연계를 제안받기도 했다고.

수화기 건너편에서는 마찬가지로 목에 뭐가 꽉 막힌 것만 같은 사람의 숨소리만 들려올 뿐 말소리는 들려오지 않았다. 뻣뻣하게 복도 한가운데에 딛고 서 있었던 두 다리가 차츰 굽혀지기 시작했다. 미안하다는 말 죄송하다는 말 어떡하냐는 말들이 뒤섞여 토해내졌고 그 말들은 엉망진창으로 비집고 나오는 울음에 젖어 먹먹하게만 발음되었다. 우현은 그렇게 복도 한가운데에 주저앉아 한참을 울어야 했다. 수화기 건너편에서는 여전히 어떤 말도 들려오지 않았다. 어떤 말도 할 수 없는 상황일 테니 어찌 보면 당연한 일이었다.

다시는 그처럼 소란스럽게 울지 않겠다. 적어도 해인의 앞에서만큼은 그러지 않겠다고 몇 번을 다짐하고 또 연습하고 나서야 해인에게 그 소식을 전할 수 있었다. 해인은 우현의 목소리를 눈을 감은 채로 듣다가 다시 입으로만 씨익 웃어 보였다. 그 후 천천히 눈을 뜨고는 우현을 향해 작게 말하기 시작했다.

"나가고 싶어."

우현이 고개를 끄덕였다.

"그래, 나가자. 내가 같이 가줄게."
"나가고 싶었어, 계속."
"알아. 내가 계속 옆에 있어 줄게."
"계속? 일은?"
"쉴 수 있어. 나 이제 그 정도쯤은 마음대로 쉬어도 돼."

해인은 전보다도 더 환한 미소를 지으며 몸을 일으키고는 우현에게 안겨 왔다. 우현은 부쩍 가벼워진 그녀 상체의 무게감을 느끼며 열심히 참아왔던 눈물을 소리 없이 한두 방울 흘리고는 재빨리 손으로 닦아냈다. 울어? 해인이 물었고, 아니, 같이 있을 수 있어서, 그게 좋아서 그래. 우현이 대답했다.

두 사람은 우현의 집에서 지내기로 했다. 우현의 집이 해인의 집보다 상대적으로 도심으로부터 멀리 떨어져 있어 공기가 좋고 조용했으며, 무엇보다도 해인이 자신의 집이 아닌 그의 집에서 머물기를 원하기 때문이었다. 우현은'나라면 내가 살던 집에서 가장 편안하게 머물 수 있을 텐데'라는 의아한 마음을 잠시 품어보기도 했지만 언젠가 자신에게서 좋은 냄새가 난다며 꼭 우현 본인뿐만 아니라 우현의 물건으로부터 나는 냄새를 맡기만 해도 마음이 편해진다고 말해줬던 해인의 모습이 떠올랐다. 그런 이유 때문인가 싶어 괜히 한 번 더 코를 훌쩍이며 알겠다고만 대답했다.

두 사람이 함께 우현의 집으로 돌아오는 날은 유난히 모든 것이 조용했다. 매번 들려왔던 자동차 경적도, 자기들끼리 다투거나 사랑하느라 시끄러웠던 새들의 울음소리마저도 들려오지 않는 조용한 날이었다. 집 앞에 다다라 택시에서 내린 뒤 아주 느리고 조심스러운 걸음으로 손을 맞잡고 현관을 향해 엘리베이터를 향해 그리고 다시3층의 세 번째 집의 문을 향해 걸었다. 콘크리트로 사방이 뒤덮인 복도로 두 사람의 발소리가 느린 음악처럼 울려 퍼졌다. 이 세상의 인류가 모두 증발하여 마치 우리 두 사람만 남아버리기라도 한 게 아닐까. 그러면 어떻게 하지. 우리가 언제까지나 우리로 살아가기 위해 우리는 누구에게 의지하며 살아갈 수 있을까. 하지만 이내 맞잡은 손으로 미세하게 주고받는 체온이 그 두려움을 녹여주었다.

그리고 겨우겨우 문을 열고 들어온 우현의 집에서 두 사람은 누가 먼저랄 것도 없이 서로를 껴안았다. 콘크리트 바닥과 벽면을 타고 울려 퍼지는 소리도 무섭도록 조용한 적막도 없이 따뜻한 공기와 서로의 분명한 숨소리만이 두 사람 사이를 감싸고 있었다. 이런 감각과 함께라면 언제까지라도 살 수 있고 무엇이라도 두려워하지 않고 지낼 수 있을 것 같았다.

오랫동안 입을 맞추고 침대에서 서로를 껴안는 동안 해인과 우현은 몇 번이고 울고 웃기를 반복했다. 두 사람만의 세계로 결국 돌아올 수 있었다는 안도감과 그 둘만의 세계는 그리 오래 허락되지 않을 거라는 불안감이 뒤섞인 웃음과 울음이었다.

"이제 우리끼리 사는 거야."

우현이 해인의 콧등을 쓰다듬으며 속삭였다. 해인이 미간을 찡그리며 웃었다.

"우리끼리? 우리 둘이?"
"응. 우리끼리. 끝까지."

해인은 좋다는 말을 몇 번이고 반복하고는 우현의 품에 안긴 채 지난 몇 주 중 가장 편안한 표정으로 깊은 잠에 빠져들었다. 우현은 그녀가 그토록 깊은 잠에 빠진 것이 참 다행이라고 생각하다가도 이내 불안해졌다. 그녀가 자신의 품속에서 잠들 듯 죽어버리기라도 한 것이 아닐까 무서워져서, 잠깐 그녀의 코 밑으로 손가락을 가져다 대보기도 했다. 쌔근대는 작고도 따뜻한 바람이 손가락에 와서 닿고 있었다. 그럼. 당연히 그래야지. 너는 내 옆에서 언제까지나 숨을 쉬는 사람이어야지. 우현은 그제야 그녀를 따라 깊은 잠에 빠질 수 있었다.

정말 조용한 하루. 슬프면서도 평화로운 하루였다.

* * *

"이게 뭐야?"

"보면 몰라? 자동차잖아. 막 엄청 좋은 건 아니지만."

"그러니까 갑자기 자동차는 왜? 이거 새로 산 거야?"

"새로 산 건 아니야. 그냥, 얼마 동안 같이 타고 다니려고 빌렸어. 걱정하지 마. 친한 선배한테 되게 싸게 빌린 거니까. 밥 몇 끼 사주기로 했어."

미쳤어, 어디를 가려고, 여행 같은 거라도 가려고 그러나? 해인은 우현을 째려보며 말했지만 그 표정 안에는 둘이서 그간 여러 이유를 핑계로 떠나지 못했던 여행에 대한 설렘이 묘하게 섞여 있는 것 같았다.

"여행도 네가 원하면 얼마든지 갈 수 있지. 갈래?"
"음……. 생각해볼게."
"생각나는 대로 바로 말해줘. 얼른 말 안 하면 혼자 간다?"

우현은 그렇게 말하고는 이내 못 할 말이라도 한 사람처럼 입술을 안쪽으로 말아서 물었다. 두 사람에게는 정말로 그렇게 오래 기다릴 수 있을 만한 시간이 허락되지 않을 테니까. 해인은 그 마음을 다 안다는 듯이 알겠다고 말하며 우현의 팔에 매달려 안겼다. 어디를 갈까. 가서 뭘 할까. 괜히 콧소리를 내면서.

사실 그 차는 선배한테 빌린 것도 싸게 빌린 것도 아니었다. 회사를 그만두며 받은 퇴직금 일부분을 들여 중고로 들여온 차였다.

최대한 오래 해인에게 붙어 있으려면 그리고 보호자가 된 입장에서 그녀를 더 잘 지켜주려면 가장 먼저 해야 하는 것은 일을 그만두는 것이었다. 집으로 그녀를 데리고 온 이상 요양보호사도 간호사도 없이 우현 혼자서 그녀를 챙겨줘야 하는데 해가 뜰 때부터 질 때까지의 긴 시간 동안 그녀를 혼자 둘 수는 없는 일이었다. 물론 해인에게는 장기 휴가를 냈다며 회사에서 특별히 내 사정을 듣고는 배려해 줬다고 거짓말을 해야 했다. 해인이 자기 때문에 직장을 그만두었다는 것을 알게 되는 것 그래서 죄책감은 떠안게 되는 것만은 정말로 원치 않았다.

다음으로 해야 할 건 차를 사는 일이었다. 걷거나 뛰는 일을 오래 할 수도 없으며 지나치게 덥거나 추운 것도 좋지 않은 환자에게는 차가 필요하다는 생각을 했다. 또 전철로 한 시간 거리에 있는 해인의 가족을 생각했을 때도 대중교통보다는 차를 태워서 데려다주는 것이 맞았다.

우현의 정성이 닿기는 닿은 건지 간혹 위액을 토하거나 경련이 일어나 고통스러워하는 순간도 있었지만 해인은 그럭저럭 우현과의 일상에 적응해 가고 있었다. 가끔은 새벽에 번뜩 눈을 떠서는 우현에게 먹고 싶은 게 생겼다며 내일 그걸 꼭 먹어야겠다고 말하기도 했다. 우현은 자다가 일어나 그녀의 말을 듣고는 딸기 크림 케이크는 지금이라도 구해다 줄 수 있다며 얼른 옷을 주워 입고 차에 올라 시동을 걸었다. 이 새벽에 문을 연 빵집이나 디저트 카페가 많을 리는 만무했지만, 어떻게든 그녀의 입맛이 돌았을 때 그를 놓치지 않고 원하는 것을 먹이고 싶은 마음이 더 컸다. 그렇게 급한 대로 사 온24시간 카페의 제품 케이크를 먹으며 해인은 조금 미리 아플 걸 그랬다며 그러면 이런 호사도 더 오래 누렸을 거라며 농담했고 우현은 못 하는 말이 없다며 아주 약하게 꿀밤을 놓았다.

두 사람의 일상은 단조로우면서도 분주했다.

아무리 차로 이동하는 것이라고 해도 자주 이동하는 것은 좋지 않으니 해인의 본가로 그녀를 데려다주는 일은 사흘에 한 번 하는 것으로 정해두었다. 꼭 두 사람이 움직이지 않아도 원한다면 가족들이 그녀를 보러 우현의 집을 드나들기도 했다.

우현이 환자에게 먹여도 무리가 없다고 하는 건강한 음식을 서툴지만 정성스레 만들어 그녀에게 내어주면 해인은 자신에게 주어진 만큼만은 남기지 않고 먹기 위해 마찬가지로 시간과 정성을 들여 그를 오래 씹어서 먹었다.

우현은 그 모습을 사랑스럽게 바라보다가 해인이 잠깐 낮잠에 빠져 있는 틈을 타서 남은 재료로 얼른 뭐라도 만들어서 선 채로 먹었다.

끼니를 해결하고는 두 사람은 집에서 할 수 있는 거의 모든 것을 하며 시간을 보냈다. 인터넷으로 주문한 책을 몇 권이고 읽었으며 대사를 외울 정도로 익숙해진 영화를 질려하지도 않고 다시 돌려보았다. 우현이 영화 속의 남자 주인공처럼 익살스러운 표정을 지으며 서툰 사랑 고백을 건네면 해인은 부쩍 생기가 가득해진 목소리로 여자 주인공의 황당하다고 말하는 대사를 따라 했다. 그렇게 시간을 보내고 있으면 그게 몇 번은 돌려본 영화더라도 새로운 감동도 여운도 없이 단물이 다 빠진 이야기더라도 두 사람은 즐겁고 행복하기만 했다.

"이런 것도 해보고 싶었다고?"

우현이 부쩍 가벼워진 해인의 몸을 안아 들면서 물었다. 해인이 배시시 웃으며 고개를 끄덕였다. 아무리 그래도 그렇지, '아이처럼 씻겨주고 머리도 말려주기'라니. 우리 나이가 이제 몇인데, 해인아. 그렇게 말해도 해인은 뜻을 굽힐 마음이 없어 보였다. 대신 짐짓 우현을 가르치려는 듯한 말투로 이렇게 말했다.

“원래 사랑하면 서로가 막 아기로 보이고 그런다는데, 넌 아닌가 봐? 빨리 나를 갓난아이처럼 다뤄줘. 코가 막혀 있으면 ‘흥’ 하라고 말하면서 손으로 코도 풀어줘.”

어쩔 수 없네, 알겠어. 천천히 욕실로 가긴 할 텐데 안 다치게 조심해. 우현이 은은하게 웃으며 해인을 안은 채로 욕실로 향했다. 그리곤 씻기 좋도록 물 온도를 맞추곤, 멀뚱멀뚱 가만히 있는 해인의 손과 발, 얼굴과 몸까지 씻겨주곤 머리까지 조심스레 감겨주었다. 처음에는 거품이 눈이나 귀로 들어가 서로가 당황하고 웃음이 시시때때로 터져 나왔지만, 나중으로 갈수록 요령이 생겨 해인은 전적으로 자신의 몸을 우현에게 맡길 수 있었다.

머리를 말려줄 때는 말 그대로 아이를 다루는 것처럼 조심스러워져야 했다. 안 그래도 강한 약 성분 때문에 모발이 약해져 있었기 때문에, 조금만 힘은 주어도 머리가 끊어지거나 뽑힐 수 있기 때문이었다. 해인은 그런 우현의 걱정을 아는지 모르는지 실실 웃으며 자신의 앞에 놓인 거울과 그 안에 비친 그와 그녀를 바라보기만 했다. 그 표정은 누구보다도 그 어느 때보다도 행복하게만 보였다.

"나, 노래방에 가고 싶어."

해인이 우현에게 그렇게 말한 것은 그런 평화롭고도 일관적인 하루를 보내고 있을 때였다.

"노래방? 괜찮을까?"
"갑자기가 아니야. 사실 꽤 오랫동안 가고 싶었어. 이래 보여도 나 노래 부르는 게 직업인 사람이었잖아."
"그렇긴 하지만……."
"괜찮으니까 같이 가주기만 하면 돼. 너무 안 좋으면 바로 집으로 돌아가자고 말할 테니까. 알겠지?"

우현은 알겠다고 대답하곤 지금 당장 걸어서 가기에 무리가 없는 주변 노래방을 검색했다. 개업한 지 못 해도 십 년은 훌쩍 더 되어 보이는 노래방이 골목을 돌자마자 있었다. 이 집에 산 지도 몇 년이나 됐는데 단 한 번도 있다는 것을 알아채지 못한 곳이었다.

"이런 데밖에 없는데, 아무래도 여긴 좀 너무 낡았지?"
"상관없어. 노래만 부를 수 있으면 돼요."

해인이 너무도 막무가내로 가고 싶다고 말하는 바람에 우현은 엉겁결에 해인의 손을 잡고 집을 나서서 골목을 돌아 노래방으로 향했다. 정말 있는 줄도 몰랐던 노래방이 거기에 있었다. 해인이 우현의 손을 잡아끌며 노래방으로 앞장서서 들어갔다. 우현은 아직도 이런 힘을 낼 수 있었구나 내심 놀라며 순순히 그녀의 뒤를 따랐다.

"먼저 불러봐."
"응? 오고 싶다고 한 건 너였잖아."
"잔말 말고 불러봐. 빨리."
"뭐야, 노래방 오고 싶다고 한 게 내가 노래하는 거 듣고 싶어서였어?"

우현은 노래에 그다지 재능이 없었지만 그래도 해인이 오래전부터 좋다고 했었던 노래를 몇 곡 이어서 불렀다. 해인은 그 어느 때보다도 눈을 반짝이며 그의 옆얼굴과 고음 부분을 부를 때 찡긋 올라가는 콧대와 자신도 모르게 올라가는 손동작을 사랑스럽게 바라보았다. 네 곡쯤 연이어 노래를 불렀을까. 우현은 콜록대며 손을 저었다.

"나 이제 힘들어. 목 아파서 더 못 부르겠어. 조금 쉬든지 하자."

해인이 웃으며 고개를 끄덕였다. 그리곤 천천히 리모컨을 집어 들고는 여섯 자리 숫자를 거침없이 누르곤 시작 버튼을 눌렀다. 어떤 노래의 전주가 흘러나오기 시작했다.

사람이 이렇게 짧은 순간 울어버릴 수도 있구나, 우현은 생각했다.

해인이 거침없이 선택한 노래는 우현이 너무도 잘 아는 노래였다. 맨 처음 해인을 봤을 때 그녀가 부르고 있었던 노래. 그녀에게 지독하리만치 반하게 만든 노래. 그리고 얼마 전 양훈을 만나'딱 한 번만 다시 듣고 싶다'라고 말했던 그 노래였다.

몸이 부르르 떨리고 숨도 제대로 쉬어지지 않을 정도로 눈물이 쏟아졌다. 해인은 그런 우현을 보는 대신 화면에 띄워진 가사를 똑바로 바라보며 조용히 숨을 고르고 있다가 줄어드는3, 2, 1이라는 숫자를 보고는 천천히 노래를 부르기 시작했다.

그녀의 노래는 누가 들어도 그다지 좋게 평가하지 못할 만한 노래였다. 이미 목과 청각 곳곳이, 신체 자체의 기력이 망가져 있었기에 해인은 그 한 곡조차 제대로 부르지 못했다. 놓치는 가사가, 채 소화해 내지 못하는 부분이 많았다. 하지만 그건 아무래도 상관이 없었다. 우현은 생각했다. 내가 해인이를, 해인이의 노래를 사랑했던 건 이 사람이 노래를 잘 불러서가 아니었구나. 처음엔 반하는 계기가 되었을지 몰라도 해인이의 이런 선하고 예쁜 마음 때문에 사랑하고 있었던 거구나…….

가까스로 한 곡을 다 부르고 난 뒤 그리고 노래의 반주마저 다 꺼지고 난 뒤에 해인은 가쁜 숨을 내쉬며 우현에게 말했다.

"잘 들었어?"

우현이 계속 눈물을 흘리며 고개를 끄덕였다.

"이 노래 한 번 더 듣고 싶어 했다며. 들었어. 그래서 몰래몰래 열심히 연습은 해봤는데 역시 실전은 쉽지 않다. 그치?"

"아니야. 좋았어. 너무. 너무. 사는 내내 계속 듣고 싶을 정도로."

해인은 이윽고 테이블에 엎드려서 울기 시작한 우현을 포개어 안아주었다.

“처음부터 그랬어. 네가 봐줄 때마다 이상하게 노래가 잘 나왔어. 더 예쁜 사람으로 있을 수 있었어. 아마 오늘도 네가 옆에서 안 들어줬으면, 끝까지 다 부르지도 못했을 거야. 내 마지막 노래를 들어줘서 고마워. 예쁘게 부를 수 있게 해줘서 또 예쁘게 들어줘서 고마워.”

방의 바깥으로부터 사람들이 지나다니는 소리, 떠드는 소리, 다른 방의 노랫소리들이 들려오고 있었다. 노래가 끝난 뒤에도 어째선지 미러볼 조명은 정신없이 돌아가고 있었지만, 두 사람은 그렇게 포개어진 채로 둘만의 세계에 놓인 듯 그렇게 얼마간 눈물을 흘리며 마음과 호흡을 나누며 함께 있었다.

* * *

“짜잔, 이거 봐라. 내가 사 왔어. 영상 보면서 공부도 했어.”

우현이 소파에 비스듬히 누워 있는 해인의 앞에서 이발

기기를 꺼내 든 것은, 노래방을 다녀온 지 이틀이 지난 뒤의 일이었다. 약기운 때문인지 머리가 자꾸 한 움큼씩 빠진다고 이럴 바엔 차라리 깔끔하게 밀어버리고 싶다고,알다시피 내가 두상이 예뻐서 그런 스타일도 잘 어울릴 거라고 해인이 말한 적이 있었다. 우현은 그 말 진심이냐며 물었고 해인은 정말이라고 대답했었다. 머리가 아주 짧아져도 어울리게만 옷을 입으면 멋있어 보일 것 같다면서. 우현은 해인의 그 말을 기억하고는 늦지 않게 그녀의 머리를 직접 잘라주려 이발기기를 준비한 것이었다.

해인은 조금은 놀란 기색이었다가 이내 미덥지 않다는 표정을 짓다가 '한번 맡겨보지 뭐'라는 말과 함께 그에게 자신의 머리칼을 맡겼다. 우현이 서툴지만 조심스러운 손짓으로 커트보를 그녀의 목에 두르곤 옷방에서 전신 거울을 가져와 앉아 있는 그녀의 앞에 두었다. 그래도 챙길 건 다 챙겼네. 해인은 말했고 우현은 생각하고 계신 스타일이 있으신가요? 고객님. 무게를 잡으며 말했다. 작은 웃음소리들이 터져 나왔다.

먼저 가위로 해인의 머리카락 곳곳의 기장을 조심스레 잘라내곤 이발기기의 전원을 켜고 다치거나 아파하지 않게끔 천천히 그녀의 두상을 어루만지기 시작했다. 바닥으로 윤기와 생기를 잃은 퍼석퍼석하고 얇은 머리칼들이 흩날렸다.

"어때? 예뻐?"

해인이 부끄러운 듯 손바닥으로 자신의 머리를 훑으며 물었다. 우현이 대답했다.

"예뻐."

그리곤 다시 가위를 집어 들고는 앉아 있는 해인의 뒤에 서서 거울을 보며 자신의 머리카락을 자르기 시작했다. 해인이 무슨 일이 일어나고 있는지를 모르겠다는 표정으로 그 모습을 몇 초간 바라봤다.

"우현아?"
"응?"
"지금 뭐 해?"
"뭐하긴, 나도 머리 좀 자르고 싶어서 그러지."
"아니, 네 머리를 네가 잘라?"
"응, 이번에 내가 하고 싶은 스타일이 좀 심플해."

우현은 그렇게 대답하곤 군데군데 가위로 잘라둔 머리 위로 조금 전과 마찬가지로 이발기기를 가져다 대어 자신의 머리를 밀기 시작했다.

그제야 해인이 의아한 표정을 거두곤 울컥 눈물을 올리기 시작했다. 자신만 머리를 밀고 있으면 내가 마음이 좋지 않을 수도 있으니 그리고 누가 봐도 아픈 사람으로 보일 수 있으니 조금이라도 내 마음이 괜찮길 바라는 마음에서 똑같이 머리를 밀고 있다는 것을 깨달았기 때문이었다.

우현은 바짝 밀어버린 머리를 쓸어내리며 해인에게 물었다.

"어때? 예뻐?"

해인은 예쁘다고 말하려 했지만 도저히 그 말이 입 밖으로 나오지 않아서 눈물을 흘리며 고개를 끄덕였다. 우현이 반쯤 무릎을 꿇고는 해인과 눈높이를 맞췄다.

"해인아."
"응."
"내가 생각해 봤는데, 아무리 생각해 봐도 나는 네가 아니면 안 될 것 같아. 네가 없으면 못 살 것 같다는 철없는 말은 안 할 건데. 네가 아니면 안 될 것 같은 것도 맞아."

"그게 무슨 말이야?"

우현이 주머니에서 작고 반짝이는 것을 꺼냈다. 우현의 손바닥 위에는 얼마 전 해인에게 선물로 주었던 목걸이와 같은 광석이 박힌 얇은 반지 두 개가 올려져 있었다.

"그러니까 우리 결혼할래? 오늘 당장 지구가 망해버려도 좋으니까 일단은 내 신부가 되어줄래? 나도 사는 내내 네 신랑이 되어줄게."

"이걸 어디서 났어?"

"목걸이 만들 때 살짝 부탁해서 같이 만들었어. 너랑 결혼하고 싶어서. 그때부터 줄곧 이 생각 때문에 정신을 차릴 수가 없었어."

"웃겨 정말. 지금 우리 꼴을 봐. 이 상황에서 프러포즈하는 사람이 어딨어."

"뭐 어때? 난 좋기만 한데. 그래서 어떡할 거야. 나랑 결혼할 거야 말 거야?"

"좋아."

해인이 수줍게 대답했고 우현은 해인의 얇은 손가락에

마찬가지로 얇은 반지를 끼워주었다.

두 사람의 결혼식은 아주 작지만 분위기가 좋은 식당을 빌려 아주 가까운 친구와 가족들만 함께 했다. 거기엔 우는 사람이 반, 울다가 웃다가를 반복하는 사람이 반이었다. 하지만 그 가운데에서 두 사람, 해인과 우현만은 내내 웃고 있었다. 뭐가 그렇게 웃기고 좋은지 서로 눈을 마주칠 때마다 두 사람은 피식피식 웃음 지었다.

해인이 우현을 향해 가까이 오라는 듯이 검지를 까딱였다. 우현은 얼굴을 해인의 얼굴을 향해 가까이 가져갔다. 해인이 그의 귓가에 대고 속삭였다.

"나 사실 하나도 안 아프다?"
"응?"
"생각해 보니까 병이 다 나은 것 같아. 그러니까 다음 달에도 내년에도 또 결혼식 하자. 어때?"

우현은 조금 붉어진 눈으로 웃으며 그녀를 향해 대답했다.

"거짓말. 그 거짓말은 지겹지도 않지?"

해인은 우현이 오랫동안 알고 있었던 가장 예쁜 미소를 지으며 장난스럽게 혓바닥을 내밀었다.

* * *

결혼식 이후 해인의 머릿속에 있는 종양은 기다렸다는 듯이 활개를 치기 시작했다. 해인이 정신을 잃는 빈도와 경련을 일으키는 빈도는 점점 잦아져만 갔다. 어느 시점부터는 우현이 정성을 들여 만들어준 음식을 절반도 제대로 먹지 못하곤 뱉어내기 시작했다. 해인은 그때마다 못 먹어서 미안하다고 솔직히 당신이니까 하는 말인데 당신의 요리 실력은 끔찍한 편이라고 말했고 우현은 미안하다며 더 공부하겠다며 웃으며 대답했다.

집안의 그 어떤 곳에도 숨을 곳이 없었다. 우현 자신의 집이었는데 집 같지가 않았다. 시간만 허락해 준다면 딱 한 시간만이라도 숨어서 펑펑 울고 싶은데 마음껏 소리 지르며 울고 싶은데 그럴 곳이 없었다. 어디에서 어떤 소리를 내도 해인이 숨을 죽여가며 그를 듣고 있었다. 자신이 눈물을 한 방울 흘리면 그녀는 속으로 눈물을 열 방울 흘리고 말 것이라는 것을 직감적으로 알 수 있었다.

가끔은 우는 일이 내일 당장 제출해야 하는 숙제처럼 급해지기도 했다. 그런 날이면 요 앞에 장을 보러 다녀온다고 말하곤 장바구니를 들고 다니며 울면서 걸었다. 빨개진 눈으로 채소와 고기를 골랐고, 먹먹해진 목소리로 과일의 가격을 물었다. 그러면 그를 대하는 사람들은 깜짝 놀라기도 무슨 일 있으시냐며 묻기도 했다. 그는 별일 아니라며, 좋아하는 가수가 은퇴하게 됐다는 소식을 들었다며 대답했다. 농담처럼 한 말인데 그 사람들은 좀처럼 웃어주지 않았다.

"너무 많이 힘들면 다시 병원으로 들어갈까? 아니면 요양병원이라도 알아볼 수 있어."

피차 달라질 것은 없다는 걸 알았지만 그래도 그녀의 생각은 다를 수 있으니 우현이 조심스럽게 해인에게 물었던 날. 그녀는 웃으며 고개를 가로젓고는 그에게 이렇게 말했다.

"가고 싶은 곳이 있어."
"가고 싶은 곳? 또 노래방 말하는 거야?"
"아니야. 데려다줄 거야?"

"어딘데?"

"데려다줄 거야? 꼭 가고 싶은 곳이라서 그래."

"……알겠어. 가고 싶은 곳이 어딘데?"

"바다에 가고 싶어. 가까운 바다든 멀리에 있는 바다든 다 좋아."

"바다?"

일순 우현의 표정이 굳어졌다. 날이 화창하지 않으면 아직은 많이 쌀쌀한 계절이었다. 더구나 바다처럼 뻥 뚫린 곳으로 간다면 바람은 두 배로 차고 매섭게 불어올 게 뻔했다.

안 돼. 그건 절대 안 돼. 라는 말이 목 끝까지 치고 올라왔다. 하지만 그때 눈에 들어온 것은 해인의 얼굴이었다. 그 어느 때보다도 맑고 분명한 눈빛이 거기에 있었다. 우현이 느끼기에 해인이 품고 있는 바다에 가고 싶다는 마음은 지금 이 순간 그녀에게 '살고 싶다'는 마음보다도 더 진하고 분명한 무언가였다. 그러니까 절대 거절할 수 없는 진심. 거절하면 안 될 것 같은 진심이었다. 우현은 내가 당신에게 졌다는 듯이 느리게 고개를 끄덕였다.

생각해 보면 두 사람은 참 바다와 연이 없었다. 함께한 지 몇 년이 됐는데 바다 한 번을 못 갔었다. 그녀가 가장 좋아하는 장소가 바다라는 것도 생일 같은 기념일에 함께 가고 싶은 곳은 늘 바다였다는 것도 잘 알고 있었지만 그 때마다 이런저런 사정이 생겨 바다를 가지 못했다. 다른 시시콜콜할 수 있는 버킷리스트는 다 해줬으면서 그녀가 가장 커다랗게 바라는 일은 해주지 못하는 것은 말이 안 되는 일이었다.

"그래. 바다로 가자. 운전해서 가면 괜찮을 거야. 언제 갈래?"
"지금 갈래. 오늘이 아니면 안 돼."
"저 고집을 누가 이겨. 따뜻한 옷 좀 가져올 테니까 준비 좀 하고 있어."

도대체 왜 오늘이어야 하는지. 이해할 수는 없었지만, 그런 무모하고 뜬금없는 모습이 그녀의 매력이라는 걸 우현은 누구보다 잘 알고 있었다. 해인은 신난다고 말하며 한동안 부르지 않던 콧노래까지 불러댔다.

우현이 목적지로 고른 곳은 동해의 어느 해수욕장이었다. 어느 계절에 들러 구경을 해도 바다의 색이 예쁘기로 유명한 해변이었다. 차가 막히지 않는 시간대이긴 했지만 그래도 못해도 두 시간은 넘게 달려야 하는 운전이었기에 걱정이 됐다. 하지만 해인은 그런 마음을 아는지 모르는지 자기 몸보다 커다란 외투를 주워 입으며 고개를 까딱거리고 있었다.

마침내 출발한 차 안에서 해인은 집에서 신나 했던 모습은 온데간데없이 조용히 잠만 잤다. 우현은 한 손으로는 핸들을 잡고 다른 한 손으로는 손가락을 펼쳐 해인의 코 밑으로 가져다 대보았다. 얼마 전에 그랬던 것처럼, 너무도 깊이 잠든 모습이 꼭 죽은 사람 같기도 했기 때문이었다. 다행히 해인은 숨은 쉬고 있었지만 우현은 조금 더 분주히 가속 페달을 밟기 시작했다.

* * *

해인이 심한 경련을 일으키며 울컥울컥 코피를 뿜어내기 시작한 것은 그녀가 잠들고 난 뒤에 시간이 얼마 지나지 않아서였다. 저 멀리에 해안선이 보이기 시작했다. 우현은 급히 갓길에 차를 세우곤, 해인의 뺨을 만지며 그녀를 살피기 시작했다. 의식은 있었지만, 그래도 일단은 구급차부터 부르는 게 옳은 순서인 것 같아 급히 핸드폰을 꺼내 들었다.

"싫어."

해인이 핸드폰을 꺼내든 우현의 손목을 붙잡았다.

"뭐가 싫어."
"저기 바다가 보이잖아. 나 저기로 갈래. 유명한 바닷가는 필요 없어."
"바보 같은 소리 하지 마. 지금 너 안 좋아."
"부탁이야. 이제 다 왔잖아. 바다 냄새가 나잖아."

그 짧은 사이, 우현은 마음이 수천 번은 흔들리고 있는 것을 느꼈다. 지금 당장 병원으로 그녀를 데려가 안정시켜야 할지, 아니면 그녀가 원하는 대로 저 멀리 보이는 바다로 그녀를 데려가야 할지. 지금 그녀를 병원으로 옮기면 그녀가 괜찮아질 수 있을까. 마음 같아서는 그렇게 되기를 무엇보다 바랐으나 이성적으로 생각했을 때는 그럴 확률은 희박해 보였다. 또 그렇다고 코피를 흘리는 그녀를 데리고 바다를 향해 계속 움직이자니 그건 자신의 손으로 그녀를 죽음으로 내모는 일처럼 느껴졌다. 그때 자신의 손목으로 그 어느 때보다도 강렬한 힘이 느껴졌다. 해인이 붙잡고 있는 쪽의 손목이었다. 해인이 내는 힘이라고는 믿기지 않을 정도로 강력한 힘이었다.

"알았어."

결국 우현은 갓길에 대놓은 차를 다시 천천히 움직이기 시작했다. 해인이 미소를 지으며 고개를 끄덕였다.

그렇게 다다른 해변에는 두 사람뿐이었다.

유명한 해변으로 향하는 길목에 있는 해변이어서 그런 것 같았다. 그래도 바다는 바다였다. 갈매기가 울고 있었고 파도도 울고 있었다. 해인은 힘이라곤 찾아볼 수 없이 바들 바들 떨리는 다리를 부여잡고 천천히 해변을 향해 걷기 시작했다. 우현이 그녀를 부축하며 천천히 함께 걸음을 옮겼다. 하지만 결국 해인은 중심을 잃고 무너지고 말았다. 바닷소리가 두 사람이 움직인 만큼 더 가까워져 있었다.

우현이 쪼그려 앉아 물기가 가득한 눈으로 해인을 내려다봤다. 어떡해, 어떡해, 라는 말이 자기도 모르게 입에서 얇게 새어 나왔다. 해인이 결혼식 때와 마찬가지로 검지를 까딱였다. 우현에게 무언가 할 말이 있는 눈치였다. 우현이 코를 훌쩍이며 그녀를 향해 고개를 푹 숙였다. 인정할 수 없었지만, 인정하기 싫었지만, 그녀에게 마지막이 오고 있음을 직감하고 있었기에 이제는 그녀로부터 무슨 말이든 들어야 했다. 무슨 말이 됐든 하고 싶은 말을 할 수 있도록 해줘야 했다.

해인이 작게 속삭였다.

"우현아."
"응, 말해."

해인이 우현의 귓불과 뺨, 코를 어루만지며 천천히 말했다.

"사랑해."

우현이 흘리는 눈물이 해인의 손가락을 적셨다. 해인이 다시 입술을 벌려 뭐라고 말했지만 잘 들리지 않았다. 우현은 해인에게 얼굴을 가까이 대고 물었다.

"해인아 뭐라고? 잘 안 들리네 바람이 불어서."
"거짓……."
"응?"
"사랑한다는 거 거짓말 아니라구."

이런 상황에서도 그런 농담이 나오냐, 우현이 일그러지듯 웃었다. 해인도 그를 따라 바보같이 웃었다.

그리고 그 순간. 나무에서 새 한 마리가 날아가듯, 해인의 눈에서 작지만 분명한 무언가가 떠나가는 것이 보였다.

해인은 다시 눈을 감지도, 무언가를 말하지도 않았다.
코 밑에 검지를 가져다 대봐도 바람이 느껴지지 않았다.

우현이 그 어느 때보다도 작아져 있는 그녀의 얼굴을 감싸 안으며, 작지만 분명한 목소리로 그녀를 향해 말했다. 오직 그녀만을 향한 목소리였다.

"사랑해."
"나도 한 번도 거짓말이었던 적 없었어."

파도 소리가 들렸다. 바람 소리도 들려왔다.
우현은 그 소리가 모쪼록 더 커지기를 언제까지고 크게 이어지기를 바랐다.
그래야만 지금의 이 울음을 세상에게 들키지 않을 것 같았다.

5장
강만큼 바다만큼

그런 사람들이, 그리고 그런 기억들이 있다. 너무도 오랫동안 곁에 있어서 당연해졌기에 내게 그다지 큰 자극으로 다가오지 않는 것들. 그러나 자극적이지만 않을 뿐이지, 매일 그리고 매 순간 호흡처럼 함께하는 기억들. 우현에겐 해인과 해인과의 기억들이 그랬다. 해인이 점점 익숙해져서 전만큼 신선한 자극을 주지 않게 되었더라도, 우현은 하루의 곳곳에서 그녀를 만날 수 있었다.

일하는 동안 해인이 좋아하는 노래가 연달아 들려오면 우현은 해인을 떠올렸다. 그리곤 쉬는 시간이나 점심시간에 잠깐 해인에게 전화를 걸어 오늘 네가 좋아하는 노래를 많이많이 들었다고 말했다. 그러면 해인은 그 바쁜 틈을 타서 어떻게 자기를 생각해 주었냐며 기뻐했다. 무언가를 태우는 건지는 몰라도 어디선가 탄 냄새가 맡아져 오면, 해인이 좋아하는 군고구마와 해인과 함께 보냈던 겨울을 떠올렸다. 바깥이 아직 쨍쨍한 여름인데도 그랬다. 그리곤 괜히 해인에게 '우리 이번 겨울엔 고구마 더 많이 먹자.'라고 메시지를 보냈다. 뜬금없이 무슨 말이냐고 말할 법도 한데, 해인은 그럴 때마다 좋다고, 꼭 그러자고 대답해주었다.

비가 내리기 시작한다. 우현은 내리는 비를 멍하니 바라보다가, 그리고 빗방울이 땅의 움푹 파인 부분에 고이기 시작하는 것을 보다가 문득 어떤 날을 떠올렸다.

한강에 갔을 때였다. 웬만해선 도시 밖으로 나가지 않는 두 사람에게는 한강은 나들이를 떠날 수 있는 거의 유일하고 가장 완벽한 장소였다. 두 사람은 마치 다른 지역에서 놀러 온 사람들처럼 보였다. 신이 난 나머지 각자의 집에서 피크닉에 쓸 만한 물건이라면 모조리 챙겨오는 바람에 두 사람이 매고 있는 배낭이 금방이라도 터져버릴 것처럼 부풀어 있었다.

두 사람은 정오가 되기 전부터 한강으로 나와 오래도록 그곳을 걷고 돗자리를 펼쳤다. 각자가 만들어 온 도시락을 나눠 먹고 낮잠을 자고 책을 읽고 음악을 들었다. 마찬가지로 나들이를 나온 사람들이 수도 없이 많이, 그리고 어쩐지 굉장히 빠른 속도로 두 사람의 주변을 스쳐 지나

갔지만, 두 사람은 두 사람만의 속도와 분위기로 종일 그곳에 있었다. 초여름이었으므로 금방 뉘엿뉘엿 해가 시기 시작했다. 일몰이 가까워질수록 햇빛이 수면에 더 가까이 내려앉았다. 강이 온통 금빛으로 붉은빛으로 물들기 시작했다. 해인이 말했다.

"예쁘다."

우현은 해인과 함께 반짝이는 강물을 바라보다, 그 목소리를 듣고 고개를 돌려 그녀를 보고는, 그러게, 라고 대답했다. 해인이 다시 말했다.

"강만 봐도 이렇게 예쁜데 바다는 얼마나 예쁠까?"

우현은 다시 그러게 대답했다. 그러고는 속으로 '이렇게 내 옆에 앉아만 있어도 이렇게 예쁜데, 너와 내가 언젠가 결혼하고 영원을 약속한다면 얼마나 더 예쁠까?' 생각했다. 그때 해인이 휙 고개를 돌려 그를 마주 보았다.

"내가 그렇게 예뻐? 왜 자꾸 나만 봐? 강물 같은 건 안중에도 없어?"

우현은 고개를 끄덕였다. 그리곤 자기도 모르게 한마디를 뱉었다. 평소였다면 낯부끄럽다는 이유로 절대 하지 못할 말이었다.

“응. 너만 가득해. 저 강물만큼 가득해.”

그 말을 들은 해인은 잠깐 아무 말도 안 하다가, 우현의 팔을 세게 때리고는 웃으며 앞으로 뛰쳐나갔다. 아무리 활발하고 살가운 성격의 해인이라도 그 말만큼은 가만히 앉아서 받아내기 힘든 모양이었다.

“뭐라는 거야 진짜!”

해인이 두 눈과 입꼬리가 가로로 길어질 만큼 크게 웃으며 뒤를 돌아보았다. 마침 그 순간 강을 금빛과 붉은빛으로 뒤덮었던 윤슬은 절정을 이루어, 시야의 한가운데에서 있는 해인의 배경이 되어주었다. 아름다운 것들의 한가운데에 가장 아름다운 것이 있었다.

저 아름다운 것을 기록해 두고 싶다고 생각했다. 우현은 핸드폰을 꺼내 들고는 몇 번이고 셔터를 눌러 그녀의 모습을 기록했다. 해인은 눈동자가 보이지 않을 정도로 환하게 웃다가, 사진을 찍는 우현을 보곤 멋쩍은 표정을 짓다가, 다시 발그레하게 상기된 얼굴로 우현을 똑바로 보았다.

"강물만큼 가득한 건 얼마나 가득한 거야?"

사랑을 갈구하듯 물어온 해인의 얼굴을 보며 우현은 작게 대답했다.

"뒤에 바다가 있었다면, 바다만큼 가득하다고 했을 거야."

해인이 활짝 웃었다. 우현도 활짝 웃었다. 누군가의 아름다운 미소가 기록되는 소리가 찰칵찰칵 울려대는 멋진 저녁이었다.

비가 점점 더 많이 내리기 시작했다. 사람들의 마른기침 소리가 들려와서 우현은 초점 없이 풀려 있던 눈가를 바로잡았다. 주변의 어느 곳을 둘러봐도 검은 옷을 입은 사람들뿐이었다. 손에서 뜨거운 기운이 느껴져 아래를 내려다보니 불을 붙여둔 담배가 끝까지 다 타버려 짜리몽땅해져 있었다. 참 오랜만에 피워본 담배였다. 한동안 혹여라도 해인에게 해가 될까 피우지 않았던 담배.

배정받은 호실은 그다지 크지도 작지도 않았다. 아직 그 누구도 찾아오지 않고 차려진 것들도 없어 더없이 휑하기만 했다. 꽃도 무엇도 없이 한가운데에 덩그러니 놓인 액자 속에서 해인은 더없이 행복한 미소로 웃고 있다. 그날 그 한강에서 너무도 아름답게 웃기에 우현이 담아둔 얼굴이었다.

"정말 이 사진으로 괜찮을까요?"

해인의 영정사진을 그녀의 가족들과 함께 고를 때였다. 워낙 예쁜 사람이었고 공연하거나 가수로 활동할 때를 대비해 찍어놓은 프로필 사진도 많았으므로 영정 사진으로 쓸 단 한 장의 사진을 고르는 일은 여간 어려운 일이 아니었다. 그렇게 이런저런 사진들을 한곳에 모아두고 머리를 맞대고 있을 때 별안간에 그녀의 어머니가 그 사진을 고른 것이었다.

"이 사진은 한강 놀러 갔을 때 그냥 해인이가 예뻐서 제가 찍은 사진인데……."

우현이 말끝을 흐렸다. 그러니 해인의 어머니가 붉게

충혈된 눈으로 대답했다.

"그래서 이거여야 해. 여기서 제일 행복하게 웃고 있잖아."

그런가요, 우현은 대답하고 말을 아꼈다. 그랬다. 그날을 생각해보면, 그만큼이나 맑고 밝고 행복하게 웃는 그녀는 전에는 없었다고 생각할 정도로 해인은 환하게 웃고 있었다. 그건 과연 그 하루가 완벽에 가까울 정도로 행복해서였을까. 아니면 내가 낯부끄러운 말을 건네서였을까. 네가 내게 강물만큼 그리고 바다만큼 가득하다는 말을 건넸기 때문이었을까. 영원히 알 수 없게 됐지만.

세상에서 가장 행복하게 웃는 그녀의 주변으로 흰색 꽃과 향이 채워졌다. 드문드문 시간차를 두고 화환이 줄을 서기 시작했다. 어쩌면 귀찮아하는 게 아닐까 싶을 정도로 텅 빈 표정으로 식사를 준비하는 직원들이 분주하게 호실 복도를 오갔다. 우현의 팔에 색이 옅은 완장이 채워졌다. 오른팔이었는지 왼팔이었는지, 완장에 그어진 줄이 한 줄이었는지 두 줄이었는지 세 줄이었는지, 모든 것이 분명치 않았다. 그건 우현에게 그다지 중요한 일이 아니었으며 그 거대한 슬픔 앞에선 아무래도 상관없는 일이었다. 그렇게 해인을 보낼 준비가 빗속에서 아주 조용히 그러나 분주히 시작되고 있었다.

장례는 생각했던 것보다도 정신없이 흘러갔다. 장례지도사는 시도 때도 없이 상주인 우현을 찾았으며, 장례에 관련해서 선택해야 할 옵션들이 그렇게 많은 줄은 전에는 몰랐으며, 사람들은 없을 때는 없다가도 많을 때는 파도처럼 몰아붙였다.

꽃처럼 화사하고 귀엽게 살다 간 덕분이었는지 많은 사람이 왔다 갔다. 많은 사람이 그녀의 사진 앞에서 시간을 보내다가 갔다. 그녀의 친척이라고 했지만 한 번도 본 적이 없었던 어떤 어르신은 예견된 죽음을 접하기라도 한 것처럼 '그렇게 됐구나'라고 말하곤 눈물을 흘렸다. 대학 시절에 어렴풋이 한두 번 인사를 나눴던 동기와 언니 동생들이 많았다. 아픈 줄 몰랐다며 놀란 표정으로 울며 뛰어 들어온 사람도 있었고 장례식장에는 어울리지 않는 옷을 입고 온 사람도 있었다. 그리고 그들 대부분이 상주로 자리를 지키고 있는 우현을 보며 의아해했다. 두 사람이 결혼했다는 것을 아는 사람은 그다지 많지 않았을 테니 당연한 일이었다.

바쁜 탓이었을까, 바쁜 덕분이었을까. 우현은 장례가 진행되는 내내 한 번도 울지 않았다. 문상을 온 이들이 얼마나 크게 울부짖는지와는 상관없이 그저 묵묵히 그들을 맞고 맞절을 하고 인사를 주고받았다.

문상객이 한차례 몰아친 뒤의 밤중에는 조금 앉아서 쉴 수 있었다. 해인의 사진 앞에 앉아 가만히 시간을 보내고 있으면 바깥에서 도란도란 떠드는 사람들의 목소리가 들려왔다. 저들마다 해인을 추억하거나 슬퍼하거나 해인의 죽음과는 아무런 관계도 없는 시시콜콜한 이야기를 주고받았다.

누구는 죽음이라는 게 어느 한 사람이 영원히 세상에서 사라져버리는 게 아니라 그저 어느 한 곳에서 다른 한 곳으로 이사를 가는 거라고 했다. 다른 누구는 한 사람이 하늘에서 쓰임을 받을 일이 생겨서, 그러니까 때가 되어서 데리고 가는 거라고 했다. 그래서 영영 못 보게 됐을 뿐, 별로 달라지는 것은 없으니 슬퍼하지 말라고 했다.

어떤 사람은 눈물 한 방울 흘리지 않는 우현을 험담하려 하기도 했다. 그래도 그렇지 결혼한 지 얼마 안 된 부인이 죽었는데 어떻게 저렇게 하나도 안 슬퍼 보일 수가 있느냐고. 그러자 그의 일행이 그를 타이르듯 말했다. 누군가의 죽음 앞에서 크게 소리 내어 우는 사람은 가장 미련과 후회가 많이 남은 사람일지 모른다고, 그러니 생전에 그 사람에게 그다지 좋은 사람이 아니었을 수도 있다고. 우현은 그 이야기들을 가만히 앉아서 들으며 작게 피식 웃었다. 나는 해인에게 좋은 사람이었을까. 아니면 누구보다도 미련과 후회가 많이 남은 사람일까. 끝까지 울지 않을 수 있을까 아니면 크게 울어야 해인이가 조금이나마 덜 서운해할까.

입관을 하면서 그리고 화장로로 해인이 누워 있는 관을 떠나보내면서, 우현은 누구보다도 큰 소리로 소리를 지르듯 울었다. 이 뚜껑을 닫고 나면 그토록 오랫동안 함께했던 사람의 얼굴을 다시 못 보게 된다는 게 이해되지 않았다. 이렇게 예쁘게 생긴 사람이 이렇게 눈을 감은 채로 다시는 눈을 뜨지 않을 거라는 게 불합리하게 여겨졌다. 그 사람이 누워 있는 얇고 기다란 상자가 멀어진다는 게, 그게 상상도 못 할 만큼 뜨겁게 달궈진다는 게 숨도 못 쉴 정도로 아프기만 했다. 그곳에 있는 다른 사람들 역시 피차 각자의 이별들로 슬프긴 매한가지였겠지만 그들조차도 당황할 정도로 우현은 아이처럼 크게 울었다. 누군가의 말대로라면 아무래도 우현이 가장 미련과 후회가 많이 남는 사람이었을 것이다. 스스로 생각하기에 그다지 해인에게 좋은 사람이 아니었을 것이다. 그래서 그렇게 크게 울 수밖에 없었을 것이다.

그렇게 해인의 장례는 끝났다.

이후 세상은 놀라울 정도로 아무렇지 않게 흘러갔다. 마치 해인이라는 사람이 원래부터 없기라도 했던 것처럼 그들끼리 만나 시간을 보내고 웃고 떠들기만 할 뿐이었다. 우현은 가만히 창가에 앉아 그런 세상을 내려다봤다. 이 집 안에서는 아주 커다란 것 하나가 없어졌는데. 그래서 나의 삶 자체가 크게 흔들려버려 나만은 정신을 못 차리고 있는데 저 사람들은 어떻게 저렇게 태연하게 웃고 밥을 먹는 걸까. 어떻게 하면 저렇게 즐거운 표정을 지을 수 있는 걸까. 우현과 해인, 둘과는 아무런 접점도 없는 사람들이니 당연한 거라는 걸 알면서 괜히 그런 서운한 마음이 들 때면 두 손바닥으로 얼굴을 덮어 매만지기만 했다.

"이제 평생 혼자 사는 거야."

우현이 침대에 몸을 던지며 건조한 목소리로 말했다. 침대가 얼마간 출렁이다 다시 모든 움직임을 잃었다. 아주 가까운 과거의 어느 날에는 이곳에 똑같이 누워 '이제 우리끼리 사는 거야'라고, 해인의 콧등을 매만지며 말했었다. 그때 해인은 아픈 와중에도 미간이 찡그려질 정도로 행복하게 웃었었다.

과연 잔인한 걸까, 아니면 딱 적당할 정도로만 친절한 걸까. 시간은 우현의 마음과는 상관없이 착실히 흘러갔다. 가만히 앉아 있다가 누웠다가를 반복하다 보면 해는 뜨고 다시 또 졌다. 배가 고파지면 밥솥을 열었다. 밥이 있으면 고개를 끄덕이며 밥을 먹었고 밥이 없으면 밥솥을 닫고 도로 누웠다. 그를 걱정해주는 친구들이 종종 나오라고 전화를 걸어오면 다른 약속이 있다고 거짓말하거나 다음에 만나자고 대충 둘러대고는 전화를 끊었다.

생각해보면 내내 불안했고 슬펐던 몇 주였다. 어쩌다 해인의 숨소리만 안 들려도 또는 작은 기침 소리만 들려도 걱정부터 되어 심장이 몇 번이고 내려앉았다. 지금 내 앞에서 곤히 낮잠에 빠져 있는 이 사람이 언젠가는 어쩌면 내일이라도 숨쉬기를 멈출지도 모른다고 생각하면 온몸이 고장이라도 난 것처럼 뻣뻣하게 굳어버렸었다.

그러니 어떻게 보면 그토록 걱정을 쏟아부었던 사람이 없어졌으니 더는 불안해할 일도 막막해할 일도 없어진 거다.

누군가는 이런 나를 보고 편해졌으니 다행이라고 말하기도 할까. 글쎄. 한 번이라도 누군가를 사랑해본 적이 있다면 그럴 수 없지 않을까. 우현은 생각했다.

그렇게 하루만큼씩 스스로의 마음을 야금야금 파먹고 있을 무렵이었다. 아무렇게나 던져뒀던 핸드폰이 부르르 떨기 시작했다. 전화가 온 모양이었다. 또 누구일까. 해봤자 친구 녀석이겠지, 같이 밥이나 먹자는 말이겠지. 우현은 앓는 소리를 내며 일어나서 핸드폰을 집어 들었다. 거기엔 어느새 낯설어진 이름이 찍혀 있었다. 다니던 광고회사 팀장의 이름이었다.

“여보세요? 팀장님?”

여전히 잠겨 있는 목소리로 전화를 받으니, 건너편에서 반가운 목소리가 들려왔다. 딱딱하지만 차갑지는 않은 목소리였다.

“목소리 봐라. 내가 아닌 우현 씨가 아닌가 보네.”

그냥, 늦잠을 좀 잤어요. 우현이 멋쩍게 웃으며 대답했다. 팀장은 요즘 어떻게 지내냐며, 일은 하면서 지내냐는 말들을 물어왔다. 우현은 아직 별다른 일은 하지 않고 있다고 했다. 쉬는 김에 갈 데까지 가봐야겠다고 말했더니 팀장이 작게 웃었다. 그리곤 조금 더 진지해진 목소리로 말을 꺼내 왔다.

"하는 일 없으면 다시 들어와도 돼. 이거 말하려고 전화한 거야."

"네?"

팀장은 특유의 막힘없는 말투로 조곤조곤 말을 이어가기 시작했다. 솔직히 말해서 지금 회사에 믿고 일을 맡길 만한 사람이 없는 것도 사실이지만 그와는 별개로 우현 씨가 줄곧 신경 쓰인 것도 사실이었다고. 단순히 쉬고 싶어서 그만둔 것도 아니고 아내 될 사람의 병간호를 위해 나간 건데 얼마간 함께한 입장에서 입만 싹 닫고 있는 것도 말이 안 된다고. 자기뿐 아니라 회사의 다른 많은 사람도 그렇게 생각한다고. 그러니 당신만 괜찮다면, 언제든 돌아와도 괜찮다고.

물론 회사 자체가 좋은 성과를 내고는 있지만 생긴 지

얼마 안 된 곳인 데다 구성원들이 젊어 행정 자체가 유연하니 그런 말을 했을 것이다. 그리고 말한 그대로 바빠서 연락해 온 것도 맞을 것이다. 하지만 자신과 해인의 사정을 딱하게 봐준 사람이 어딘가엔 있었던 것 같아 마음이 이상해졌다. 그리하여 생각할 것도 없이 거절하려 했지만 이런 사람들과 함께라면 그래도 조금은 괜찮아질까 해서 염치 불고하고 돌아가도 되겠냐고 대답했다. 팀장이 오히려 고맙다고 답해왔다. 나올 수 있는 날짜를 알려주면 미리 부서에 말해둘 테니 그때 편하게 나오면 된다면서. 우현은 다시 감사하다고 말하곤 전화를 끊었다.

거실 한가운데에 우뚝 선 채로 전화를 받고 있었다는 걸 뒤늦게 깨달았다. 고개를 슬쩍 돌려 거울을 바라봤다. 거기엔 부쩍 작아진 듯한 우현이, 수염을 밀지 못해 얼굴이 지저분해진 우현이 있었다. 그가 작게 속삭였다.

“일단은 면도부터 해야겠지.”

* * *

사람들의 배려 덕분에 돌아온 회사에서 우현은 나름대로 힘든 싸움을 이어갔다. 때로는 고마워하다가 때로는 풀죽어 있다가 때로는 필요 이상으로 예민해지기도 했다. 그를 곤란하게 하고 예민하게 만드는 것은 많았다. 아이디어적으로 난관에 부딪힐 때가 그랬고 일정이 촉박할 때도 그랬다. 물론 그런 것들은 퇴사 전에도 자주 겪던 것들이었으니 버틸 만했지만 우현을 가장 날카롭게 만드는 것은 다른 무엇도 아닌 사람들의 말이었다.

너무 화가 나서 '암 걸릴 것 같다'는 말, 너무 웃겨서 '죽겠다'는 말들이 곳곳에서 오가고 있었다. 그런 말들은 원래였다면 우현 역시 웃어넘길 수 있는 말들이었지만 그 당사자가 되어보고 나니 전처럼 쉽게 웃어서 넘길 수가 없는 말들이 돼버렸다. 절대 웃으면서 말하면 안 되는 말들이라는 걸, 한 번이라도 아파봤다면, 아픈 사람을 주변에 둬봤다면 그러려야 그럴 수가 없다는 걸 우현은 알았다.

문제는 그런 말을 아무렇지도 않게 하는 사람과 그 말을 듣고 웃거나 대답해주는 등 어떤 반응이라도 해주는 이가 대다수라는 점이었다. 그렇게 저들끼리 떠들고 있는 와중에 갑자기 그 대화에 끼어들면서 그건 너무 심한 말 아니냐고 그런 식으로 말하기를 멈춰달라고 말해버리면 분위기가 어떻게 식어버릴지 또 자신이 얼마나 웃기고 예민한 사람이 될지는 굳이 해보지 않아도 뻔했다.

그런 날이면 자신과 비슷한 사람들이 절실해졌다. 비슷한 지점에서 상처받을 수 있는 사람들. 남들은 대수롭지 않게 생각하는 말 앞에서도 몇 번씩 고꾸라지는 사람들. 남들보다 어쩔 수 없이 약한 마음을 갖게 되어서 잘 지내기 위해선 비슷한 사람끼리 서로를 안아주고 알아줘야 하는 사람들.

우현에게는 해인의 가족들이 그런 사람들이었다. 그리고 해인의 가족에게도 우현이 그런 사람이었다. 해인이라는 커다란 존재가 떠나간 이후에 그들은 여전히 괜찮지 않았다. 하루아침에 괜찮아지는 일은 애초에 불가능한 일이었다. 그런데도 세상은 아무 상관도 없다는 듯이 흘러만 가고 그러는 와중에 자꾸만 별별 것들이 상처가 되어 날아오니까 같은 상실을 겪은 사람들끼리 서로를 지켜주는 것 말고는 방법이 없었다.

낡은 중고차를 몰고 집으로 가다 말고 갓길에 차를 댔다. 그리곤 몇 번 깊게 숨을 내쉬곤 해인의 어머니에게 전화를 걸었다. 응, 아들, 이라는 살가운 목소리가 들려왔다.

"네, 퇴근했는데 그냥 보고 싶어서요. 엄마가 해주는 밥도 먹고 싶고."

"그러게 오라니까 왜 안 와. 언제 와?"

바쁜 거 마치고 다음에요. 우현이 대답했다. 말로만 다음이지, 그녀가 말했다. 우현은 순간 그 상큼하고도 애정이 가득한 목소리로부터 해인의 냄새를 맡았다. 어쩌면 당연한 일이었다. 엄밀히는 그런 면면을 지닌 사람들로부터 해인이 태어났으니 그녀가 해인을 닮은 것이 아니라 해인이 그녀를 닮은 것이었겠다. 하지만 아무렴 어때. 우현은 뜻밖의 발견이라도 한 사람처럼 기쁜 마음이 되어 몇 번이고 후후 웃음소리를 냈다. 아무튼 다음에 밥 먹으러 와. 나는 불 올려놓은 거 있어서 이제 끊어야겠다. 해인의 어머니가 말해왔고 우현은 알겠다고 말했다.

"그리고 우현아."

"네, 어머니."

"우현이 네가 쉬고 싶을 때까지는 여기가 집이야. 그때까지는 우리가 가족이 된 거야. 힘들면 아무 때나 전화해. 끊을게."

고맙다는 말 하다못해 알겠다는 말이라도 해야 하는데 말문이 턱 막혔다. 얼른 닦아내야 다시 앞을 제대로 보면서 운전할 수 있을 텐데 눈앞이 자꾸 흐려져서 혼났다. 앞으로 퇴근길에는 전화를 걸면 안 되겠다고 생각했다.

물론 해인의 가족들만 그를 딱하게 여기는 건 아니었다.

경원 역시 알게 모르게 우현을 생각하고 있었다. 다시금 그를 신경 쓰지 않기로 결심하고 실행으로 옮기는 데에도 성공했었지만 그가 간병을 위해 회사를 그만두었을 때도 그 이후에 아주 슬픈 일을 겪게 되었을 때도 그 후로 회사로 복직했을 때도 자꾸만 그가 측은하게 여겨지는 것은 어쩔 수 없었다. 한때 자신에게 가장 의지할 구석이 되어줬던 사람. 닮고 싶은 대상이 되었다가 나아가서는 곁에 두고 싶어 했던 사람이 야윌 정도로 힘들어하는 것을 보는 일은 여간 불편한 일이 아니었다.

우현이 일부러 사람 없는 식당만 골라 찾아서 혼자 밥을 먹는다는 것을 알고 나서는 우연히 그녀도 그곳을 찾기라도 한 것처럼 놀라 하며 인사를 건네고 다른 테이블에 앉아 밥을 먹었다. 피로회복제를 샀는데 원 플러스 원이었다면서 해로운 성분이 없는 에너지 드링크를 건넸다. 남들에게도 늘상 웃으면서 인사를 건네지만 우현에게 인사를 건넬 때는 평소보다도 반가운 마음을 듬뿍 담았다.

우현이 그 마음을 아는지 모르는지 고개만 끄덕일 땐 그가 조금 얄밉기도 했지만 그래도 자기 마음이 시키는 일이니 그러려니 했다.

바보도 아니고 경원이 일부러 자신의 주변을 은밀하게 맴돌고 있는 것을 우현이라고 모르는 것은 아니었다. 때로는 반갑기도 했고 잠깐 기분이 좋기도 했고 고맙기도 했다. 다만 해인이 아프기 전에 둘의 관계가 미묘했었던 것은 사실이니 더는 오해의 여지를 만들지 말아야 한다는 생각이 더 클 뿐이었다. 회사로부터 십 분을 걸어야 올 수 있는 생선구이 가게의 문을 열고 들어온 경원에게, 정말 우연이라는 듯 신기한 표정을 연기하는 경원에게 우현은 다른 게 앉지 말고 앞에 와서 앉으라고 말했다. 그건 자신을 따라온 것이 아니고서는 말이 안 될 정도로 인위적인 우연이었다. 생선구이 정식을 하나씩 주문한 두 사람은 마주 본 채로 얼마간을 밥만 먹었다.

밥과 반찬이 다 비워져 갈 때쯤 우현이 입을 열었다.

"그럴 필요 없어요."
"네?"
"내가 불쌍해서 그러는 거라면 안 그래도 된다고요. 나름대로 잘 극복하고 있으니까."

"그래도 전 조금이라도 도와주고 싶어서요."

"괜찮아."

"그게 무슨 기분인지 가늠이 안 가니까 어떻게 도와줘야 할지도 모르겠어요."

"안 도와줘도 괜찮아. 밥이나 마저 먹고 나가요. 같이 있는 거 사람들이 봐서 좋을 것도 없으니까, 경원 씨 먼저 회사로 들어가요. 나는 담배나 한두 대 피우고 들어갈게."

경원이 고개를 숙이고 멀어지는 것을 보며 우현은 작게 속삭였다. 누군가가 세상에서 없어져 버린다는 거. 그게 무슨 기분인지 가늠이 안 간다라.

그러게. 누군가를 잃은 상실감이라는 것에는 형태가 없는데 그걸 모르는 사람에게는 그것에 대해 어떻게 설명하면 좋은 걸까. 한 사람이 나의 곁에서 영원히 없어진 뒤에 내가 아는 미소를 짓는 입술과 내가 아는 목소리를 내는 목과 나만 아는 누군가의 몸의 곡선 같은 것들이 더는 움직이지도 따뜻함을 유지하지도 않고 점점 뻣뻣하거나 메마르게 되는 것. 끝내는 그것이 뜨거운 불 속에서 내게 전혀 낯선 새로운 형태로 변해버려서 나와 그 사람이 한 번도 가본 적 없는 공간에 안치된다는 것. 그렇게 설명하면 되는 걸까.

거기까지 생각하고 나니 숨이 턱 막혀왔다.

해인이는 정말로 이 세상에서 없어져 버리고 만 걸까? 그녀의 흔적만이라도 찾아볼 수 있는 곳은 없을까?

짜리몽땅해진 꽁초를 털어 가게 앞에 있는 쓰레기통에 던져 넣었다. 무언가가 담겨 있었을 그러나 지금은 네모나고 투명한 형태로만 존재하는 플라스틱 용기가 쓰레기통 안에 들어가 있었다.

우현은 어쩌면 정답을 알고 있었다. 해인의 흔적이 그나마 고스란히 남아 있는 곳. 그러나 해인의 부재를 마주하기가 무서워 그간 애써 외면하고 있었던 곳. 그녀의 집이었다.

해인의 집은 해인이 죽기 이전부터 방치되고 있었다. 병원에 입원해 있다는 이유로, 퇴원 이후엔 그곳이 아닌 우현의 집에서 함께해야 한다는 이유로 꽤 오랫동안 누구도 드나들지 못하고 있었다. 해인의 죽음 이후엔 죽은 사람이 남긴 집이라서 쉽게 찾아갈 수 없었다. 주인을 잃은 집이 서러운 듯이 입을 벌리면, 그 안에 숨어 있었던 어마어마한 추억과 슬픔들을 너나 할 것 없이 집어삼켜 버릴까 두려웠기 때문이다.

하지만 어떤 궁금증 하나가 우현에게 결심을 품게 만든 것이다. 우현이 차를 몰고 해인이 살던 집에 왔을 때는 해가 다 져 있었다. 지하 주차장에 차를 두면서는 알 수 없는 어색함을 느꼈다. 그리고 이내 차를 갖고 이곳에 온 적은 한 번도 없었다는 것을 깨닫고는 작게 웃었다.

문 앞에 서서는 깊게 심호흡을 했다. 안에 무엇이 있을지 도무지 감이 잡히지 않았다. 물론 자신에게 더없이 익숙했던 것들이 있었겠지만 그건 그때나 익숙한 것들이었지 이제는 더없이 낯설어져 있을지 모를 것들이었다.

문을 열고 들어간 집은 온전하면서도 온전하지 못했다. 얼마간 사람의 손길 하나 닿지 않았을 뿐인데 삭아버리고 쓰러져버리는 것이 많았다. 바닥 한가운데에는 천장에서 떨어진 건지 바닥에서 솟은 건지 모를 물이 조금 고여 있었다. 테라스 건조대에 걸어두었던 것으로 보이는 옷들은 자유로운 모양새로 바닥에 죄다 떨어져 있었다. 사방이 막혀 있고 그곳을 오가는 사람은 아무도 없는 와중에 무슨 바람이 불고 무슨 지진이 일었길래 이렇게 된 걸까. 우현은 괜히 이상한 기분이 되어 계속 집을 둘러보았다.

해인의 흔적들이 많았다. 해인이 평일에 입었을 단정한 옷들이, 그리고 우현과 함께할 때 자주 입었던 편안한 옷들이 색깔별로 예쁘게 개켜 있었다. 나이에 맞지 않다는 걸 잘 알지만 귀여워서 모아두었던 만화영화 캐릭터 인형들도 침대 위에 아무렇게나 흩뿌려져 있었다.

부엌은 다른 곳보다도 조금 더 어질러져 있었다. 칼과 도마 같은 것들이 개수대 안에서 주인을 잃어버린 채로 누워 있었다. 무엇을 만들고 나서 아무렇게나 버려진 듯한 모양새였다. 해인이는 뭘 만들었던 걸까. 뭘 먹었던 걸까. 맛있었을까. 생각하며 냉장고 쪽으로 시선을 옮겼다. 거기엔 우현과 찍은 사진들 우현이 나눠준 증명사진과 같은 사진들이 이곳저곳에 붙어 있었다.

"이건 웃기게 나왔으니까 버리라니까."

그렇게 말하며 냉장고 문을 열었다.

냉장고 한가운데에 중간 사이즈의 밀폐 용기가 놓여 있

었다. 안에는 불그스름한 무언가가 들어 있었다. 저게 뭘까. 안에 들어 있는 빨간 게 뭘까. 제대로 알 수 없었지만, 어째선지 자세히 알아내기도 전부터 눈물이 쏟아지기 시작했다. 그건 해인이 남긴 삶의 흔적이자 두 사람에게 너무도 익숙했던 그것이었다.

김치볶음밥이었다. 언젠가 그녀가 우현에게 찾아서 먹으라고 말했던, 그 김치볶음밥이었다.

두 사람은 아주 오랫동안 새삼스러운 것들을 예뻐하곤 했다. 밥을 먹고 난 뒤면 당연하다는 듯이 찾았던 2층 카페에선 커피 두 잔에 조그만 휘낭시에를 하나만 두었다. 아무리 배가 고프고 지갑이 빵빵해도 두 개를 사서 따로 가져가는 일이 없었다. 누가 뭐라고 하는 것도 아니었지만 그건 두 사람 사이의 법이었다. 그 작은 빵조각 하나를 아주 황송하고 조그맣게 쪼개 먹다 보면 두 사람의 마음은 그 어느 때보다도 부자가 된 것 같았다.

줄 이어폰도 마찬가지였다. 혼자 다닐 때는 각자의 무선 이어폰을 썼지만, 어딘가에서 함께 앉거나 누워서 시간을 보낼 땐 오래된 구식 줄 이어폰을 한 쪽씩 나눠서 끼웠다. 노래를 함께 듣고 싶어서였지만 웬만한 용무가 아니고서는 상대방을 두고 다른 곳으로 갈 수가 없었다. 해인은 그럴 때마다 이어폰을 이어폰이라고 부르기보단, 사랑의 쇠사슬이라고 농담하듯 불렀다.

김치볶음밥도 마찬가지였다. 다른 많은 요리도 능숙하게까진 아니어도 나쁘진 않게 만들 줄 아는 두 사람이었지만, 그래도 두 사람의 소울푸드는 뭐니 뭐니 해도 김치볶음밥이었다. 한 번에 많이 만들어둘 수도 있었으며 아침에 먹어도 늦은 밤에 먹어도 실패하지 않는다는 점이 두 사람의 마음에 쏙 들었기 때문이었다.

그때부터 '김치볶음밥 만들어뒀으니까 꺼내서 먹어'라는 말은, 둘에게만큼은 내가 이만큼이나 당신을 신경 쓰고 있으며 '여전히' 사랑하고 있다는 일종의 애정 표현이 되었다.

그래서 그랬다. 그래서 우현은 그 김치볶음밥을 보면서 그토록 크게 울 수밖에 없었다. 그건 그저 상해버렸을 뿐인 흔한 음식이 아니라, 그녀가 남겨놓은 그를 향한 여전했던 사랑의 증거물이었으니까.

이걸. 이걸 어떻게 해. 이걸 어떻게 버려.

사람이라도 껴안듯이 밀폐용기를 부둥켜안고 몇 분을 울었다. 그리곤 혹시라도 공기와 닿아 그게 날아가 버릴까 싶어 뚜껑을 열기보단 그것을 냉장실이 아닌 냉동실로 도로 넣어두었다.

언젠가 미국의 괴상한 문화에 관해 들은 적이 있었다. 결혼식 때 집으로 가져온 웨딩 케이크를 냉동실에 영원히 보관하는 문화였다. 결혼1주년 기념일 때는 맨 위층을 먹는 전통이 있다고 했다. 그래서 맨 위층이 아닌 남은 일부분을 늙어서 죽을 때까지 간직하는 부부가 많다고.

맨 처음 그를 들었을 때, 우현은 참 신기한 문화라고 생각했다. 그리고 자신은 그 문화를 아마 영영 이해하지 못할 거라고. 적어도 그때의 우현이 생각하기엔 거기엔 깃든 어떤 의미도 바람도 이해할 수 없었다.

하지만 상해버린 김치볶음밥을 냉동실에 넣으면서 우현은 어쩌면 그 마음을 이해할 수도 있겠다고 생각했다. 추억의 어느 한 조각과 두 사람이 사랑했다는 증거 같은 것을 언제까지고 간직하고 싶은 마음. 그런 마음이었겠구나. 오래오래 생각했다.

* * *

우현이 그럭저럭 세상에 잘 묻어가기 위해서 가끔 남들 모르게 하는 일이 있었다. 바로 해인이 살아 있던 때의 핸드폰 번호를 향해 그날그날의 이야기를 적어 메시지로 보내는 일이었다.

'오늘은 일주일 내내 맡았던 프로젝트가 내 손을 떠난 날. 나도 모르는 사이에 긴장하고 있었는지, 그리고 그 긴장이 확 풀려버렸는지 몸살 기운이 왔어.'

'오늘은 기다리고 기다리던 토요일이야. 우리 그때 봤던 영화 뭐였더라? 남자 주인공 얼굴이 매일매일 바뀌는 영화였는데.'

'나는 열심히 한다고 했는데, 그러다가 실수한 건데 그 책임을 전부 뒤집어쓰게 됐어. 조금은 서러운 하루다.'

'나 안 보고 싶어? 나는 오늘 유난히 평소보다 네가 더 보고 싶어.'

'거긴 어때? 괴롭히는 사람은 없어? 거기서도 노래는 많이 불러? 그런 거라면 나도 듣고 싶다.'

'아프지만 말자 해인아. 이제야 말하지만, 난 너 아픈 거 보는 게 제일 아팠어.'

'사랑해. 아직도 강만큼 바다만큼 네가 가득해.'

그렇게 그리운 감정을 가득 담아 문자를 보내고 나면 우현에게는 세상 사람 모두에게 공평하게 주어진 하루를 가까스로 이겨낼 수 있었다. 누가 본다면 그게 무슨 의미가 있느냐며 질책할 만도 한 행동이었지만, 누구도 그 그리움을 대신해주지 못했고 그를 위로해주지도 않았으니 어쩔 수 없는 일이었다.

물론 우현 역시 자괴감을 느낄 때가 있었다. 이토록 먼지 같은 하소연이라니. 고작 이런 것에 기대어 하루하루를 살아야 한다니. 그런 생각이 들 때면 냉장고에 있는 가장 독한 술을 안주도 없이 들이켜댔다. 또한 해인이 사용했던 예전의 그 번호를 누군가가 사용하고 있다면 그만큼이나 민폐가 되는 일도 없겠다는 생각도 있었다.

그날도 술에 찌들어 눈을 끔뻑이고 있었다. 노래를 흥얼거리다가 피식피식 웃다가 한숨을 쉬다가를 반복하다가. 혹시라도 글자를 잘못 쓸까 눈을 부릅뜨곤 해인에게 메시지를 보냈다.

'나 술 마셨어. 힘들다. 힘들어 해인아.'

그리고 몇 분이나 지났을까. 이런 거 써봤자 뭐해. 해인이는 안 들을 텐데. 그렇게 생각하고 있을 무렵 메시지 수신음이 들려왔다. 술기운이 한순간 달아났다. 아닌 게 아니라 메시지를 보내온 것이 해인이었기 때문이다. 메시지를 열어보니 꽤 긴 메시지가 한 통 와 있었다.

'안녕하세요, 잘못 보냈다고 이야기해야 할까. 번호 주인이 바뀌었다고 말씀드려야 할까. 힘들어하시는 것 같은데 그냥 보내시게 놔둘까 고민하다가, 조금이라도 도움이 될까 싶어 이렇게 메시지를 보냅니다.'

그러면 그렇지. 얼른 죄송하다고 답장을 써서 보내야겠다고 생각하며 밑에 적힌 내용을 계속 읽어 내려갔다.

'사실, 저도 완벽히는 아니지만 그 마음을 모르는 게 아니에요. 저는 몇 해 전 사고로 남편을 잃은 중년 여자입니다. 젊으신 분 같은데 얼마나 상심이 크시면 이렇게 몇 번이고 메시지를 보내시겠어요.'

'저는 이별을 준비할 시간도 없이 사랑하는 사람을 보내야 했습니다. 그리고 나도 삶을 포기하는 지경까지 갔었죠. 몇 번쯤 위험한 시도를 해보기도 했었고요.'

'그런데 보내오신 메시지를 몇 통 읽어보니까 그때의 저처럼 지친 모습이, 그리고 가끔은 삶을 놓아버리려고 하는 모습 같은 게 보이더라고요. 물론 제 착각이라면 다행이겠지만요.'

'그런데 그런 거. 떠난 사람이 진심으로 바라는 일인가 생각해보니 아닌 거 같더라고요. 제가 제 삶을 일찍 놓아버리고 그 사람을 보러 달려간다고 해서 그 사람이 좋아해줄까. 기뻐해줄까. 생각해봤더니 아닐 것 같더라고요. 반대로 되게 슬퍼만 할 것 같더라고요.'

'그러니 놓지 마세요. 삶이든 일상이든 무엇이든지요. 짧은 편지를 마칩니다. 메시지는 앞으로도 힘드실 때마다 편히 보내셔도 돼요. 주제넘은 답장은 여기까지만 하겠습

니다.'

우현은 몇 분에 한 통씩 손에 쥔 핸드폰에 문자메시지가 오는 것을 아무 말도 없이 바라볼 수밖에 없었다. 고마웠지만 고맙다고 말할 수 없었다. 놓지 말라는 말, 잘 살아달라는 말을 시간이 지나 화면이 검게 어두워질 때까지 보고만 있었다. 검은 화면에 텅 빈 자기 얼굴이 비치고 있었다.

"이런 나를 만난다고 네가 좋아할까?"

대답 없는 물음.

"아니겠지?"

고개를 흔들어 술기운을 날려 보냈다. 괜히 민망하다는 듯이 혼잣말을 했다.

술은 이제 슬슬 줄여야겠다.

다시 해인의 집을 찾았을 때는 다행히도 문을 여는 일이 별로 무섭지 않았다. 그때 충분히 울어서였는지 아니면 그때 잠시나마 자신이 다녀가서였는지. 쓸쓸한 느낌이 확실히 줄어들어 있었다.

우편함에 해인의 앞으로 온 고지서며 편지 같은 것이 많았다. 집 앞에도 누군가가 보내온 택배 상자가 한두 개 쌓여 있었다. 우현은 그것들을 전부 그러모아 껴안은 채로 문을 열고 해인의 집으로 들어섰다. 그리곤 회신할 수 있는 곳에는 일일이 전화를 걸어 그녀가 죽었음을, 그리고 이 주소지로 된 집을 정리할 것임을 알렸다. 수화기 건너편의 사람들은 사무적으로 전화를 받다가도, 그녀의 죽음에 관한 이야기를 듣고는 어쩔 줄 모르는 목소리로 죄송하다는 말을 건네왔다. 우현은 어떤 표정도 없이 괜찮다고 대답했다. 그렇게 말씀해 주셔서 감사하다고. 아무튼 이 주소로는 더는 뭐가 오지 않게 해달라고.

짐을 챙기기 위해 다시 찾은 해인의 집이었다.

남편이라면 응당 그래야 한다는 이상한 자격지심이 있었다. 그래서 여유와 미련이 허락하는 데까지 지켜온 집이었다. 하지만 이제는 현실적인 여건들에 부딪혀 집을 정리해야 할 때가 다가오고 있었다. 아무리 다시 일을 시작했다지만 아무도 살지 않는 집을 다만 누군가를 아직도 그리워하고 있다는 이유로 정리하지 않는 것은 여간 부담이 되는 일이 아니었다. 그러니 집을 비우기 전에 아쉬운 대로 그녀의 물건 몇 개는 자기 집으로 옮기고 나머지는 처분하거나 버려야만 했다.

냉장고에 붙어 있던 사진 몇 장과 그녀에게 아주 잘 어울렸던 밝은색 옷 몇 벌, 인형 한두 개, 그 외에도 추억이 많이 깃든 물건들을 상자에 차곡차곡 쌓아 넣었다.

'더 가져갈 건 없나?'

우현이 사방을 둘러보았다. 그리고 그때 책상 위에 노란색 공책 한 권이 반듯하게 놓여 있는 것이 보였다. 낯이 익은 공책이었다. 고통스러운 치료를 포기하고 그녀와 함께 퇴원하던 날, 병원에서 챙긴 짐은 작은 상자 하나도 채 못 채울 만큼 적었었다. 그때 그 상자 안에 들어있던 공책이었다. 레몬색에 가까울 정도로 화사한 노란색 공책. 물건 몇 개만 집에 두고 가고 싶으니 잠깐 집에 들르자고 했었는데 아마 그때 이걸 집으로 옮겨두고 우현의 집으로 향한 모양이었다.

뭐를 적어둔 공책이길래 우리 집으로 가져오지 않은 걸

까. 아무래도 일기장일까? 그래도 그렇지. 우리 사이에 비밀이 어디 있다고. 우현은 혀를 쯧쯧 차며 조심스레 공책의 페이지를 넘기기 시작했다. 그러게. 우리 사이에 비밀이 어디 있다고 이렇게 긴장이 되지.

일기장이 맞았다. 날짜로 미루어보건대 병의 존재를 알기 바로 직전 혹은 알고 난 직후부터 쓴 일기인 것 같았다. 우현이 한 페이지를 더 넘겨보려다 멈칫했다. 그리곤 하늘을 향해 치켜들고는 작게 속삭였다. 다른 사람도 아니고 난데, 봐도 괜찮지, 여보?

첫 일기는 짤막하게 적혀 있었다.

'아직 하나도 실감이 안 난다. 내가 나이가 몇 살인데 벌써 그런 이름도 이상한 병에 걸려? 말도 안 되지 정말. 그래도 괜히 무서워지는 건 어쩔 수 없다. 일부터 그만두고 안정을 취해야 한다니 그러긴 할 건데 하루아침에 백수가 된다는 게 좀 막막하긴 하네.'

두 번째 일기에는 첫 번째 일기로부터 며칠이 지난 뒤의 날짜가 적혀 있었다. 첫 번째 일기보다는 부쩍 차분해진 말투였다. 그건 아마 해인이 조금씩 자신의 병을 받아들이기 시작했기 때문이었겠지. 우현은 자기도 모르게 아래로 축축 처지는 눈썹과 입꼬리를 부여잡고 계속 편지를 읽었다.

'회사에도 말했고 가족들에게도 말했다. 가족 앞에서 울면서 말할 때는 정말 가슴이 찢어질 뻔했다. 그래도 말하고 나니 마음이 좀 후련해. 그래도 아직 우현이만큼은 알면 안 된다. 다른 사람은 다 알아도. 내가 제일 사랑하는 사람은 처음부터 지금까지 계속 그이였으니까. 조금만 더 그 사람이랑 행복할 수 있게 도와주세요. 들키더라도 나중에 크게 들킬 테니까.'

바보 같기는. 터무니없이 금방 들켜버렸으면서. 울음과 웃음이 섞인 한숨을 뱉으며 우현이 속삭였다. 다음 일기는 글씨체가 앞의 것들과는 미묘하게 달랐다. 유난히 꾹꾹 눌러서 쓴 것 같았다.

'나 절대 포기 안 해. 생존율이 낮기는 낮다지만, 그래도 0퍼센트는 아니라잖아. 그러면 살아야지. 살려고 발버둥 쳐봐야지. 우현이가 저렇게 몰래 울고 있는데. 빨리 나아서 그만 울게 해야지.'

과거의 해인은 먼 훗날 그녀의 이런 다짐이 오히려 그를 더 울게 만들 거라는 걸 알았을까. 우현은 흐르는 눈물을 닦지도 않고 그대로 둔 채로 계속 페이지를 넘겼다.

'이런 생각 하면 안 되지만, 이렇게 아프게 된 게 이상하게 조금 기쁘기도 하다. 전이랑 다르게 우현이가 이것저것 챙겨주니까. 이렇게 다정한 우현이는 참 오랜만이다. 너무 따뜻해.'

'오늘은 갑자기 쓰러지는 바람에 머리를 조금 다쳤다. 내 몸이 내 몸 같지 않다는 게 이렇게 슬픈 일이었나.'

'우현이가 내가 하고 싶어 하는 것들을 이것저것 대신 해준 덕분에 함께하지 않아도 함께하는 기분이 든다. 우리는 앞으로도 오래오래 함께일 거야.'

날이 갈수록 점점 흐려지는 글씨들로부터 그녀의 생명이 점점 힘을 잃어가는 것이 보였다.

그런 마음도 모르고 무심해졌었다. 그런 마음도 모르고 괜히 투덜거리고 다른 마음을 품기도 했었다. 그녀는 아프기 전에도 아플 때도 아픔이 자신을 기어코 집어삼킬 때도 나만을 생각했는데. 자신이 아픈 것보다도 내가 우는 것을 더 싫어해 줬는데. 짧은 생애가 아까워서 더 살려고 한 게 아니라 나와의 미래를 위해 더 살려고 싸워 줬는데. 나만 그걸 몰랐다. 나만.

해인아. 나는 언제쯤 그만 울 수 있을까.
너를 놓아주고 보내주는 일을 과연 내가 잘할 수 있을까.

* * *

상실의 슬픔과는 상관없이 시간은 흘렀다. 계절은 서서히 바뀌어서 거리 위 사람들의 옷차림도 미세하게 바뀌고 있었다.

그건 우현 역시 마찬가지였다. 전보다 머리가 조금 더 길어졌나 싶었다. 그리고 조금 더 눈빛이 깊어진 것 같기도 했다.

우현이 탄 차가 지독한 정체를 뚫고 마침내 회사 주차장에 도착했다. 자칫하면 지각을 할 수도 있었기에, 얼른 가방을 꺼내 들고 총총거리며 계단을 올라갔다. 문을 열고는 활짝 웃으며 인사를 건넨다. 사람들이 저마다의 표정과 목소리로 우현을 맞는다. 거기엔 무뚝뚝한 표정으로 손만 들어 보이는 팀장도 여전히 싱그러운 미소로 그를 반기는 경원도 있었다.

"다들 안녕하세요. 차가 막혀서 큰일 날 뻔했습니다. 팀장님도 안녕하세요. 좋은 아침입니다."

팀장이 입꼬리를 살짝 올리며 대답했다.

"저거 저럴 줄 알았으면 다시 데려오는 게 아니었어. 처음엔 한 시간도 일찍 출근하고 그랬던 것 같은데 아주."

우현이 피식 웃으며 자리에 가방을 내려두었다. 능숙한 손동작으로 컴퓨터 전원을 누르고 책상 아래에 가지런히 놓여 있는 슬리퍼로 갈아신었다.

시간은 착실하게 흐른다. 바삐 손을 놀리고 주변 사람들과 눈빛과 목소리를 주고받으며 여러 안건을 처리하고 나니 어느덧 점심시간이었다. 우현은 또래 남자 직원들과 함께 햄버거를 먹었다. 시시콜콜한 농담을 주고받기도 했다. 그때 얼마 전에 새로 들어온 대학생 인턴이 우현에게 다가와 수줍게 커피 한 잔을 건네곤 달아났다. 직원들이 익살스러운 소리를 내며 우현을 놀렸다. 정직원으로 채용된 경원이 멀찌감치에서 그 모습을 보곤 고개를 절레절레 저었다. 언젠가의 자신도 저런 모습이었을까 생각하며 민망해하는 모양이었다. 남자 직원 한 명이 우현에게 말을 건넸다.

"저 정도면 되게 귀여운데 밥이나 한번 먹자고 해봐요."
"됐어. 밥은 무슨 밥이야."
"아니면 그때 들어온 소개팅이라도 나가봐요. 솔직히 우현 님 정도면 생긴 것도 나쁘지 않고 옷도 깔끔하게 입는데. 아무도 안 만나긴 아깝다."
"또 까불죠?"

에이, 까불긴 뭘 까불어요. 질 수 없다는 듯 동료가 말했다. 우현이 한쪽 입꼬리를 올리며 대답했다.

"저 유부남이라니까요."

동료는 그건, 이라며 뭐라고 말을 하려다 말고 말하기를 그만둔다. 사람들 사이에서 짧고 미묘한 눈빛들이 조용히 오갔다. 적어도 어느 정도의 선만큼은 넘지 말자는 암묵적인 약속이 오가는 모양이었다. 우현은 그러한 눈빛들을 알면서도 못 본 척하며 별일 아니라는 듯 휘파람을 불며 유유히 그곳을 나섰다.

정말 시간은 착실하게 흘렀다. 그 흐름은 누구에게도 예외가 되는 일이 없이 모두에게 닿는다. 어떤 사람은 그 시간 속에서 늙어가고, 누군가를 만나 멋진 시간을 보내고 가슴 아픈 이별을 하기도 했다. 우현 역시 그런 일들을 온몸으로 고스란히 겪은 한 사람이었다.

처음엔 세상 모두가 무조건 괜찮아질 거라고 했다. 남은 사람은 결국은 괜찮아져야만 한다고 모두가 말했다. 그리고 사람들은 이제 그가 드디어 조금 괜찮아졌나 생각하며 시시때때로 그의 속마음을 들여다본다. 우현 역시 정말 내가 괜찮아진 걸까 가끔 착각했다. 하지만 애초에 그녀의 존재는 다른 누군가나 무언가로 채워질 수 있는 게 아니었다. 그리고 그건 적어도 한두 해 안에는 이뤄질 일이 아니라는 걸 우현은 너무도 잘 알고 있었다.

금방이라도 비가 쏟아질 것처럼 우중충했던 하늘이 언제 그랬냐는 듯 화창해졌다.
그건 마치 언제라도 우현을 당황하게 하고 웃게 만들었던 해인의 거짓말 같았다.

해인아, 오늘도 네가 하늘만큼 지구만큼 가득해. 우현이 말했다.

대답은 없었지만, 우현이 어떤 대답이라도 들은 것처럼 작게 웃었다.

다시 들어온 사무실에서 우현은 서랍 깊숙하게 넣어둔 일기장을 꺼냈다. 해인이 몇 장 쓰지 못한 채로 떠난 노란색 일기장이었다. 집에 보관할 수도 있었지만 그녀가 떠나고 헛헛함을 달래듯 회사에서 있는 시간이 점점 늘어나기 시작했다. 집에 늦게 들어가는 날이면 종일 해인을 혼자 둔 것만 같아서 회사로 가져왔다. 가끔 일이 잘 안 풀리면 일기장을 바라보면서 혼잣말을 하기도 하고 좋은 일이 생겼을 때 역시 일기장을 보면서 한마디하고는 했다.

나 잘했지 해인아?

다시 천천히 페이지를 넘겨보았다. 해인의 통증이 점점 심해지는 만큼 페이지를 넘길 때마다 내용은 점점 짧아지고 흐려졌다. 일기장 한 권에서 해인이 기록한 페이지보다 기록하지 못한 페이지가 월등히 많이 남은 걸 볼 때면, 하늘이 그녀를 너무 일찍 데려간 게 아닌가 하는 마음이 들었다. 몇 움큼이나 남아있는 빈 페이지를 넘기다 보면 어쩌면 지옥은 내가 살고 있는 이 세상이 아닐까 싶었다. 누군가를 나 스스로보다 더 사랑하게 만들고 그 사람을 세상에서 영영 사라지게 해버리는 그런 곳.

해인이가 보고 싶을 때마다 남은 페이지에 내가 일기를 써볼까? 그런 고민을 하면서 평소처럼 아무것도 쓰여 있지 않은 페이지를 넘겼다. 무의식으로 페이지를 넘기다 멈칫했다. 분명 아무것도 쓰여 있지 않은 줄 알았는데 글자를 본 것 같았다. 다시 천천히 넘겨보니 빈 페이지 사이에 해인이 쓴 걸로 보이는 짧은 문장이 쓰여 있었다.

"우현아. 우리 꼭 다시 만나자."
"우린 반드시 다시 만날 거야."

헛웃음과 울음이 뒤섞인 숨을 뱉었다. 그 문장을 조금만 더 바라보면, 그리고 해인을 조금이라도 더 생각하면 금방 눈물이 떨어질 것 같아 황급히 고개를 저었다. 그리곤 일기장을 덮고 괜히 컴퓨터 화면을 바라보며 키보드를 몇 번 두드렸다. 일하다 말고 울어버리면 사람들이 나를 뭐라고 생각하겠어. 하여튼 아직까지도 나를 들었다 놨다 하는구나 넌.

그런데 왜 이 말이 거짓말 같지 않은 걸까.

"다시 만날 수 있다고? 우리가?"

시간은 다시 정직하게흐르고 세상에 살아있는 사람 모두에게 공평하게 주어진 하루도 끝을 향해 달려가기 시작했다. 거리 위에는 사랑하는 사람들, 여전히 분주히 움직이는 사람들, 속마음을 알 수 없는 사람들이 가득했다. 우현은 그 사람들을 뚫고 계속해서 걸었다. 집으로 가야 하는데 이상하게 그럴 수가 없었다. 우리 꼭 다시 만나자. 우리 꼭 다시 만나자. 해인이 남긴 그 한마디가 자꾸만 머릿속에 맴돌아서 그저 걸을 수밖에는 없었다. 사람이 바글바글한 이 거리를 정처 없이 걷다 보면 정말로 우연히라도 해인을 마주칠 것만 같다는 생각이 들었다. 물론 그건 말도 안 되는 이야기라는 걸 잘 알았지만 말이다.

"정말 말도 안 되는 이야긴데."

우현이작게 속삭이곤 발걸음을 멈췄다. 그리곤 핸드폰 메모장을 열어 몇 달 전만 해도 그토록 부지런히 열어보았던 '우리만의 버킷리스트'를 다시 들여다보았다. 만족스럽게 해낸 것도 있었지만 여전히 미완성으로 남겨진 것도 있었다.

꼭다시 만나기.

우현이맨 아랫줄에 그 짧은 한마디를 적어넣었다. 그러고 나니 정말로 두 사람의 이야기가 여전히 진행 중인 것만 같은 느낌, 해인이 웃으며 자신의 곁을 맴돌고 있다는 느낌이 들었다. 내일이라도 다음 주에라도, 언제나 서로를 축하해주었던 생일에라도 다시 만날 수 있을 것만 같았다.

고개를들어 하늘을 올려다보았다. 해는 지고 밤이 다가오고 있었지만, 여전히 해인의 미소처럼 맑고 예쁜 하늘이 거기에 있었다. 우현이 속삭였다.

"그래, 해인아. 우리 꼭 다시 만나."

우리에게
남은 시간 46일

초판 1쇄 2024년 1월 29일
초판 3쇄 2024년 11월 26일

지은이 이설
펴낸이 김영재
마케팅 염시종, 고경표
본문 디자인 에픽로그
제작처 책과6펜스
펴낸곳 주식회사 하이스트그로우
출판등록 2021년 5월 21일 제2021-000019호
이메일 highest@highestbooks.com

ISBN 979-11-93282-03-8

책값은 뒤표지에 있습니다.